U0932765

我们不是找不到爱，

而是缺少维系爱的能力

MONEY EXCHANGE BUREAU

这一次，我想尝试的，

不只是如何编织美丽迷幻的、让你停留的网。

而且是，如何和你一起，将彼此从囚禁的挣扎中释放，可以再飞。

有时比翼，有时错落。

我们要找回给予爱的能力，而非获得爱的幸运。

/
/

学习，在一起的幸福

我们不是找不到爱

而是缺少维系爱的能力

邓惠文 著

A Guide to Happiness

CNS PUBLISHING & MEDIA 中南出版传媒
湖南文艺出版社 HUNAN LITERATURE AND ART PUBLISHING HOUSE
博集天卷 CS-BOOKY

目录

Ⅱ　一起面对的真实世界

序

人间伴侣

伴侣关系可能有无数种形式，不论它的名字是情侣、夫妻、灵魂伴侣或家人，只要是两个人共同处在一个密切的关系中，就无可遁逃地牵涉两个自我的种种矛盾。

因为太棘手，人们经常将伴侣关系装进一个泡泡之中，让它悬浮于自己真实的人生之外。例如，可以与另一半和谐相处，却无法分享自己的工作或心事，彼此都知道什么可以问、什么不可以问……或是，同时经营着好几个泡泡，需要激情时走入一个泡泡，需要依靠时找另一个泡泡中，需要放松时又有一个……这种隔离现象。我们都很容易用一部分的自己和另一个人的一部分建立关系，但如果要全面地相处配合，则是非常大的挑战。即使是性格、价值观、目标等契合度都相当高的伴侣，也难免在某些地方对彼此有所不满。

做现实中的伴侣，与做脑袋中伴侣，是非常不同的两回事。

以自己身心的全部，与另一个人身心的全部，真实地相处，绝对是巨大的考验。

关于如何等待爱情或如何不等待爱情的论述很多，这本书试图探讨的是另一个角度——生活在一起的两个人。伴侣之间，如何认识并接纳对方真正的人格，协助彼此面对成长的创伤与恐惧？如何共同走出期待被拯救的爱情幻想，整合各个方面的自我，以全人觉知与伴侣的全部活在真实的日常中？

很实际，实际到让人担心说出来会被嘲笑，像是“既然在一起了，就好好相处吧”这样的心态。

神仙美眷，在天比翼，可遇而不可求。

人间伴侣，在地连理，用心得以相惜。

这一次，我想尝试的，不只是如何编织美丽得令人迷幻的、让你停留的网。

而且是，如何和你一起，将彼此从过往的囚笼中释放，重新飞翔。

有时比翼，有时错落。

展开缠绕的网，让它成为联系我们之间绵长甜蜜的丝线。

邓惠文

2013年7月8日

I

/ 别人看不懂的 我们之间 /

相遇之初，我们问："是你吗？"意思是，你是那个对的人吗?

不论是以何种形式，许多人一生都在尝试寻找对的伴侣。刚开始觉得"好像是他（她）"，热恋时相信"绝对是他（她）"……并不是太困难的。然而，交往一段时间，进入彼此的日常生活之后，两个人难免会发生意想不到的摩擦。

彼此发生冲突时，我们再次问："是你吗？"意思是，这讨厌的一面，也是你吗?你，还是我最初选择的那个你吗?

在惊讶与失望的时候，如果你认为这是个错误的选择，或这个人并不是对的，就会急迫地要求对方改变。如果对方不能改变，就看彼此能忍受多久的拉锯战，直到破局时主动或被动地分手，回到单身状态，重新寻觅所谓"对"的伴侣。

大部分的人都是从这样的模式开始学习如何建立伴侣关系的。年少的时候，可能因为一点儿失望就轻易分手，虽然心里的眷恋可能延续一生。而渐渐长大之后，除非到了生不如死的程度，多半会想"再试试看"。虽然既有的关系不尽人意，但因此完全割断又好像太激烈了，何况，重新开始太麻烦，得从星座和咖啡怎么喝开始研究，关系发展到某些必然的关口时，可能还是闯不过，那又何必呢?

如此的心情，并不全然因为年龄渐长或交友范围狭窄，更重要的是因为在一次次的恋爱中，我们逐渐明白了几件事。

我们自己在不同的时间喜欢或讨厌的东西，其实是自相矛盾的。

也就是说，自以为正确的选择，实际上却一塌糊涂。

人的各种性格，除了容易被看见的表象之外，往往并存着相反的一面。

就像我们都知道的，最高傲的人，其实自尊心最脆弱。

两个人之间的交互作用，力量非常惊人。

许多可爱或可恨的性质，只有在跟某个人的交往中才会被激发。我是怎么把本来可爱的你变得如此可恨的？而你，又对我做了什么，连我都觉得自己好陌生？

例如，如果我期盼一位热情的伴侣，也有幸觅得一个看起来非常热情的人，之后，在这一点上，就会一帆风顺吗？

不管多喜欢什么，都是有“但是”的。在某些情况下，某种令人喜欢的东西也可能变得令人无法忍受。

以为有某种特质的伴侣才是“我”想要的，但，“我”是什么？

若非经历过深沉的内在探索，一般人所知的“我”，只是意识表层的认知，并不等于全面的“整体我”。意识层面的认知与意愿，是一个小的“自我”——这里所谓的“小”，是指“部分的”“不完全的”。而一个人的身心整体，除了“自我”这个意识表层的部分，还有相对而言更为庞大的潜意识。潜意识中，储存着我们未曾觉察的或是被压抑、被遗忘的种种情感和需求，暗中影响、驱动、限制、决定了我们的感受与行为。这是我们经常在关系中感到“事与愿违”的缘故——不是事物违背了我们的愿望，而是我们不够清楚内在的矛盾，无法掌握包括潜意识的整体我，因此无法选择真正能够通往目标的道路。

如果我看重热情，或许选择了一位热情的伴侣，但开始交往之后，由于他对别人也总是很热情，因此两人关系中充满了嫉妒、生气与争吵?

如果我看重智慧，或许有了才高八斗的伴侣，却发觉在他身边只显得自己益发驽钝？接着，开始挑剔对方其他的能力，彼此攻击、反击、批评、贬损……却无法觉察内心真正的感觉是恐惧！如果我们都如此看重智慧，你会不会讨厌智慧不够的我?

诸如此类，内心实在太过复杂，我们总是同时要着正面与反面的东西，自己也不知道该如何才能兼顾，何况是身边的伴侣?

所以，当然要两个人一起努力了！

Chapter 1

从一个人到两个人

两个人拥有两个心智，不可能永远一致。唯有通过不停地反思、探索，
才能深入两人内心的更深层，
解决令彼此困扰的摩擦与对立。

我眼中的你眼中的我

——自我形象的投射

一切的一切，从“我”这个主词延伸所及的，有生命的与无生命的、真实存在的或纯幻想的、概念的及感官的，都躁动着，渴望经由你的认识而重新活化。

我眼中的你

某一天，某一刻，不知怎么的，先前对某个人的各种感觉被一种难以解释的心灵计算加总起来，然后，突然“明白了”，或者该说，“决定了”！

我对你的感觉原来是——爱！（对，不会错的。不然，为什么一直想让你知道我身边发生的事？关于过去，我最痛苦、最浩荡的经历；对于未来，我最美好和最疯狂的计划；还有，现在，自从发现你之后，我无法驾驭的心绪波动……）

一切的一切，从“我”这个主词延伸所及的，有生命的与无生命的、真实存在的或纯幻想的、概念的及感官的，都躁动着，渴望经由你的认识而重新活化。那就像微博上个人的旧日事件，原本已尘封，无人在意，但，如果此刻能得到你的青睐，点一个赞，那件往事立刻涌上心头，拥有了新的意义。

在恋情的开始，我眼中的你是完美的。

你眼中的我

甜蜜与痛苦交迭的日子，便这样开始了。

你觉得我怎么样？你对我的赞美，是出于社交礼仪，还是发自内心？

如果喜欢，为什么一整天都不联络？无法确定你的状态，你在忙吗？还是一次都没有想起我？

为什么总是我先约你？你觉得我太主动了吗？

或是，你还在等着确认我的状态？那么，原来是我太被动了！

可是，再多说下去，戏都要被我唱完了……

我眼中的你眼中的我和你眼中的我眼中的你

有一天，密斯特下班回家，他的太太，贤惠的蜜丝，开心地迎接他：

“今天买到一种极品咖啡，你应该会喜欢！”蜜丝立刻动手冲起了咖啡。

密斯特说："你喝就好，我下班前才喝了一大杯咖啡。"

蜜丝喝了几口。

"真的很棒耶！不然你喝一点点，尝尝味道就好。"

密斯特喝了两口。

"真的！很香，口感很特别！"

之后他们愉快地用餐、看电视、洗澡。一切都很顺利。

夜间，蜜丝发现密斯特辗转难眠，她问："怎么，睡不着吗？"

密斯特说："咖啡喝太多了。"

蜜丝听了，心里很不舒服。她觉得密斯特在生她的气，抱怨她晚上给他冲咖啡。她觉得很委屈，大老远跑到朋友推荐的店为他挑咖啡，真是好心没好报。

一会儿，密斯特终于睡着了，而蜜丝因生气而无法成眠，愈想愈气，她决定把老公吵醒，好好理论一番。

听完蜜丝的想法，密斯特无奈地说："我指的是下午不该喝那杯咖啡，跟你没有关系，我完全没有怪你的意思啊！"

蜜丝："不是因为我晚上强迫你喝的那杯吗？"

密斯特："你泡的那杯，我只喝了两口，能有多少咖啡因？就算你晚上没有让我喝，下午的一杯咖啡也足以让我睡不着了。我很喜欢你帮我买咖啡啊，为什么你老是认为我生你的气？”

幸好密斯特能够耐心而清楚地说明白，不然他们可能会一直吵到天亮。然后他们关上灯，安心地睡了。

眼中的期待与愤怒

每一对生活在一起的伴侣，都可能发生这样的摩擦。然而，并不是所有的伴侣都能顺利化解冲突。密斯特和蜜丝夫妇，为了彼此的深层了解已经投入了大量的时间和心力，所以才能在小摩擦发生时，顺利地掌握问题点，有效地开启沟通，他们正在面对和处理的问题有好几个层次。

最表面的层次：双方必须愿意也能够说出自己的情绪和想法。例如“我觉得好心没好报”“我喜欢你帮我买咖啡”“我认为你没有错”等。别以为这个“愿意”很简单！伴侣之间，只要有几次诚心表达却被对方挫伤的经验，就可能让一个人失去坦诚表达的勇气，无法说出任何会暴露自己弱点的话。

有一段时间，他们的关系很糟。蜜丝非常在意丈夫是否对她处理事情的方式感到满意，因此，一方面她努力地想要让密斯特

开心，随时观察他可能需要什么，例如，为他买稀有的咖啡！但另一方面，如此在意、如此努力，也使她变得更加敏感，难以承受密斯特任何的批评。或者，有些时候，因为很累，或是自己的需求没被满足，蜜丝也会感到愤怒："我竟然为老公做了这么多事！那他为我做了多少？他配合过我吗？"于是，蜜丝不知不觉地拿着放大镜检视密斯特，当然也就会找出些瑕疵——毕竟两个人拥有两个心智，不可能永远一致。一旦找到丈夫某个"忘恩负义"的证据，她就准备大吵一架。

而那个时期的密斯特也有他的矛盾。他自觉是个随和的人，通常什么都说好，以免麻烦别人。他本性不太会赞美别人，认为那样不男人。对于太太努力讨好他的种种行为，他当然知道是该感恩的好事，但也觉得有种被索取赞美的压力。他自己并没有发现，有时候他故意不去赞美太太做的事，其实是不想鼓励她做得更多，因为，当她愈做愈多，就更容易指责他做得比较少！

伴侣心态（couple state of mind）

处于这样的关系中，蜜丝扮演照顾、服务、期待回馈而常常失望的角色，密斯特则扮演被动、接受、不知感恩、相对冷漠的角色。两个人都觉得不开心。在他们各自的眼中，都觉得对方不欣赏自己，“你眼中的我是不好的！”

如果两人能够跳出伴侣关系中自己的位置，看看彼此如何互为因果，除了思考伴侣为什么会对我们做出不理想的事，也能观察自己是否做了什么才会一同导致那讨厌的结果，然后尝试一起调整，找出更好的配合方式。

这是所有伴侣关系之中最重要的能力：跳出自己的位置，眼

013
别人看不懂的 我们之间

中不再只看到对方在关系中做了什么，还要能看到自己在关系中做了什么，以及两个人之间互相影响的动力。英国著名的精神分析伴侣治疗师玛丽·摩根（Mary Morgan）将这种观点称为“伴侣心态”（couple state of mind）。

当然，这只是一个开始。能够开始观察双方的互动，才能继续探索更深层的问题。

蜜丝为什么不改改，对丈夫的肯定不要这么敏感在意？密斯特为什么不主动表达更多肯定？伴侣之间，光是这样要求是没有用的。

蜜丝内心对于自己是否不够好的恐惧，源自成长经历中被大人抛弃的创伤。她需要很多的努力才能完全克服。而密斯特习惯与人保持着某种安全距离，与他成长经历中经常被过度干涉有关。他也需要很多的努力才能处理被另一个个体吞噬的恐惧。

一个人的个性不会突然形成，也不会突然改变。只有当伴侣愿意互相协助，深入探索彼此的成长经历，理解两人之间的配对模式，才能逐渐超越关系的障碍。

“伴侣心态”（couple state of mind）

1. 时时将彼此视为“一对伴侣”的心态。

2. 是健康伴侣关系中不可或缺的。

3. 将伴侣双方都放在心中，而不是只盯着对方或只看见自己。

4. 能够观察双方的互动关系。

5. 思考时，能够跳出关系，从外部客观地观察自己和伴侣如何相互影响。

6. 缺乏伴侣心态的人，看不见自己对伴侣做了什么，无法反思自己如何影响伴侣，以及伴侣如何影响自己，也无法思考两人是怎么共同作用而导致某些结果的。

闭着眼睛选了你
——“任务伴侣”潜意识

伴侣之所以结合，并不只是根据理性做出的选择，未经觉察的内在意识可能驱使我们做出“不理性”的选择。

老婆吃了一块手工饼干，接着便拿了一块给老公：“这个蛮好吃的！”

老公摇摇头：“我不饿。”

老婆：“试试看嘛！”

老公：“我现在真的不想吃！”

老婆：“为什么每次我叫你做点什么，你总是说不？”

老公：“为什么你总是要叫我做点什么？”

“你怎么了？”

“没有啊！我有说什么吗？”

“就是因为你没说话，所以才问你怎么了。”

“没说话不就是没事吗？”

“没事为什么不说话？你在想什么？”

“……”

“你知不知道，我们之间最大的问题就是你都不沟通！”

“……”

“你说话啊！”

“好吧，那我就说了。我们之间最大的问题，是你永远都很吵！”

两个人之间，一个比较喜欢分享，一个比较喜欢独处。一个比较主动，一个比较被动。一个比较热情，一个比较淡定。一个唠唠叨叨，一个惜字如金。一个负责纠正，一个总会犯错。一个牺牲奉献，一个以自我为中心。一个嘘寒问暖，一个厌恶控制。一个紧紧盯人，一个躲躲藏藏。

难道就不能同步吗？

难道就不能同步吗？

心理学家亨利·迪克斯（Henry Dicks）对伴侣关系进行过

深入的分析，提出“潜意识搭配”的理论。伴侣之所以结合，并不只是根据理性做出的选择，未经觉察的内在意识可能驱使我们做出“不理性”的选择。其中，最让人困惑的就是“互补特质”之间的吸引力——有时内在自我需要借由性格相对的伴侣，中和自己人格中的显著功能，或是补足自己人格中的弱势功能。典型的例子是：凡事深思熟虑但情感有障碍的学究男，爱上情绪强烈但很少思考的热情外向女，或是一生谨言慎行、乖巧保守的闺秀，爱上放荡不羁、不受拘束的浪子。

如果无法觉察自我寻求互补伴侣的深层动力，这些个性相反的伴侣在热恋期过后，就会开始因为彼此个性的差异而感到不安，不断地指责、抱怨对方，甚至对于自己当初的选择懊悔不已。表面上看起来好像是希望把对方变得跟自己一样，但仔细观察就会发现，他们常用的方法反而是在激发对方相反的特质。例如，对于一个浪荡不羁的伴侣，重视安定的这方越是想要强加约束，越会发现他强大的逃跑欲望。

如果想解决与伴侣之间恼人的反差，首先必须深刻思考自己的性格特质，试着去感受自己对于相反特质的恐惧，以及又爱又恨的矛盾情结。改变两人攻防关系的秘诀，并不是施与更大的矫正力逼迫对方改变，而是尝试让自己“趋近”对方，以便产生

“角色互换”或“中和”的效果。

例如，如果老是觉得对方行动力太差，两人常常因此吵架，不妨看看自己是否不知不觉地扮演了另一个极端——急躁者。与其要求对方变积极，不如尝试让自己放慢脚步。两个人之间，一个慢了，另一个就会补上来，变得快一点儿。这是维持集体生存的人类本能，但我们往往会担心：“他已经太慢了，我再慢下来会出事！”

冷静想想，日常生活中，有那么多灾难吗？

与互补性质的伴侣相处，是潜意识自我寻求性格成熟平衡的一个秘密选择。相信自己与伴侣的结合是为了某个成长任务，可

以帮助我们珍惜彼此，摆脱厌恶、懊悔和攻击，转为互相协助学习的关系。

幸福想一想

- 与身边的伴侣相处，遇到什么事会意见相左？遇到什么事会意见一致？
- 与伴侣的个性特质是互补的还是相近的？若是互补的，你觉得何种相处方式会对双方比较好？若是相近的呢？

嫁给米奇人
——撒娇与跋扈仅一线之隔

一个不成熟的人总是与另一个不成熟的人坠入情网，因为唯有他们能够懂得各自的语言。一个成熟的人会爱上一个成熟的人，一个不成熟的人会爱上一个不成熟的人。

电视节目录制现场，大家聊起求婚这件事。现场的女性来宾一致认为男人应该提供浪漫的求婚，像是单膝下跪、定制独一无二的礼物、热气球、101大楼跑马灯、包下电影院或餐厅、九百九十九朵玫瑰、回顾两人交往历史的投影片等，各种好莱坞式的惊喜场景。接着大家分享亲身经历，狠狠比较一番。

贯穿各种求婚桥段的中心元素，就是要男人展现十足的诚意，让女人感觉到强烈的被爱，然后才能点头说："我愿意！"

坐在一旁，我想起多年前看过的一则喜饼广告：在浪漫的求婚场景中，准新娘含羞带怯地接受众人祝福，准新郎深情款款地望着新娘，该牌喜饼出现时，旁白和字幕出现的是“恩宠一生”。当时我写了一篇文章，表达对这四个字非常困惑——现在的女人结婚，是接受男人的“恩宠”吗?

我的一位阿姐这么说：“如果一个男人说他要给我恩宠，我应该会立刻倒退，他是不是后宫戏或穿越剧看太多了？”

宠爱与相爱

回到节目现场，有人正在分享（其实是炫耀）一个“感人”的求婚案例，他说：

“一对非常喜欢米奇也就是迪士尼米老鼠的男女，男的精心筹划了求婚的活动，请朋友帮忙把女友带到一个公园，他自己在大热天穿上米奇装（当然包括又大又重的巨耳老鼠头），对着女友亲切地招手。刚开始女友还觉得‘山寨版的米奇装太丑’，兴趣索然。但朋友不断怂恿，她终于靠近，跟米奇照相，此时男友掀开头罩，单膝下跪说：‘请你嫁给我吧！’在众人的欢呼声中，女友感动落泪，两人相拥，从此世上多了一对佳偶。”

在一片羡慕赞叹声中，我惊讶得说不出话来。被主持人问到

024

学习，在一起的幸福

时，我说：“米奇不是负责儿童节时在游乐园里娱乐儿童的吗？竟然也适合大人的活动——结婚？我真是太低估它了……”

我这“不捧场”的回应，事后被节目组同事拿来取笑：“你，铁定没被求婚过，所以才见不得别人浪漫！”

“是，我的确没经历过惊天地泣鬼神的求婚戏码，那有什么好的？”

“想想看，假设是金城武那么帅的男人扮成米奇跟你求婚，你不会感动到哭吗？”

其实，那天录完节目，看到大家的反应，我也试过要去理解这种求婚，但“金城武在大热天穿着米老鼠装下跪”的想象画面，不但没有帮助我了解，反而让我觉得心痛无比！我思索着，所有我认识的成熟、稳重性格的男性朋友，有谁愿意这样求婚吗？实在是一个也想不出来。

一般成熟的男人对于戏剧性的求婚示爱大多抱嗤之以鼻的态度，但似乎有不少女人喜欢这样。这代表了什么？

表面上，这只是很单纯的“浪漫”，但为什么扮糗的都是男方？有哪一个女人会跟朋友炫耀“我穿上米妮的鼠尾巴和蓬蓬裙，请来所有朋友，跳来跳去地求男友跟我结婚”？

弱势撒娇与强势跋扈

我在出租车上看到过一则笑话，刚好是一个对照：

小明看到电视上的求婚节目，好奇地问："爸，你跟妈求婚时下跪了吗？"

爸爸："没有。"

小明："为什么？"

爸爸："你妈说，以后跪的机会还多着呢，这次就免了。"

如果妻子在婚姻中与丈夫处于平等的位置，甚至可以在丈夫犯错时要他下跪（这当然只是个比喻），就不需要求婚时那一跪了。戏剧化求婚背后的意义是：女人结婚会损失些什么，因此需要男人证明，为了她，他可以克服困难，完成一个非常任务。扮米老鼠、在众人面前下跪、花掉一个月薪水买跑马灯，都有这种意味。这种期待反映了关系中的几个预设：第一，男人要有十足的诚意才能抱得美人归。第二，在下嫁之前，女人需要确认自己值得男人为她做一件"特别"的事。至于是特别勇敢、特别用心、特别花钱，还是特别厚脸皮，见仁见智。

这是内心对于结婚的隐隐不安，也是对伴侣的某种攻击。求婚时玩一次就算了，但如果在生活中一直需要这种诚意与价值的“证明”，两人之间很容易逐渐积怨。

有一回我在广播节目中访问《北欧超完美丈夫的秘密》的作者李濠仲先生，他描述北欧男女在婚姻中的平等合作关系时说，英国某大学在2011年调查了十二个国家的夫妻，发现挪威男人是“最完美丈夫”，相较于其他国家的男性，他们花了最多时间在家务、照料小孩等方面，对他们而言，尊重妻子只是基本行为。挪威女人对此的反应是：“他们只是做好分内的事而已。”许多听众表示羡慕那样的关系，举案齐眉，而不是男尊女卑。

“挪威的男生、女生只是身体不同，脑袋里装的几乎是一样的。”李濠仲说。挪威女孩从小学习滑雪、登山，男孩在校要上缝纫课，尽管老一辈挪威人还有传统观念，但中生代已经显现出两性平权教育的成果。

把这几件事放在一起，真是耐人寻味——想要平等的女性们，愿不愿意放弃做公主被宠爱的特权呢？如果不放弃，能够得到男人真心的尊重和平等对待吗？

被宠爱，是小孩子的心态。在以夫为天的世界里，女人会争宠、撒娇、耍赖，在平等的关系中，并不存在这种情况。如果夫妻关系明明已经很平等，女人却经常要求男人演出特别的宠爱戏码，男人感觉到的可能不是撒娇，而是跋扈与任性。

男人也需要感觉自己是被女人宠爱的。幸福的关系需要双方都有宠爱别人的能力，而不是两个讨爱的孩子过家家。

怪问怎能怪我怪答
——无聊又必需的问题

说话技巧是一回事，爱的多寡完全是另一回事。

话说得如何，答案是否正确，跟到底爱不爱，有着很大的差距。

女人喜欢问男人怪问题，那些代表是否爱的怪问题，让男人无比困扰。在一场分享会上，对感情用心的男士们提供了他们最怕被女人问的问题。这些问题如果得不到满意的答复，女人的情绪会立刻跌到谷底，过去辛苦建立的信任可能在一瞬间粉碎，身心陷入痛苦的煎熬。于是，大家合力寻找有益健康的标准答案：

第一类问题属于“跟别人比较”型。

典型问题是：

“你觉得我比较漂亮还是×××（超模级的美女或前女友）比较漂亮？”

“听说你们公司新来的女主管能力很好，那你觉得我跟她比起来怎么样？”

如果可以抛开礼义廉耻，不怕说谎会下地狱，那还不简单，谁都知道要回答“当然是你比较好”。

万一不想为了一个女人而说谎下地狱……要不要再考虑一下？逞一时之快，以后女友长期的情绪折磨是否也相当于另一种地狱？

如果还是不愿说谎，那就只好试试这种打马虎眼的说法，看能否有一条生路：

“漂亮？×××算漂亮吗？我从来不在意女人外表的。”

或者，干脆在女友开始难过之前，自己先难过吧：

“我最想要的女人就是你！你该不会不了解我是什么样的男人吧？还是原来你是个很在意外表的人，那我的外表，我该担心吗？”（实在是不错）

第二类，“我跟你妈同时掉到海里，你会先救谁？”

据说网络上有成千上百的建议（根本不可能有正确答案）。

如果回答“两个一起救”，老婆说：“笨蛋！那你的力量会分散，两个都救不了！”

就算回答“我会先救你”（心里喃喃念着：妈，我对不起你……），接下来，有智商的老婆会说：“怎么可能？”有良心的老婆会暗忖：“没想到你是这么无情可怕的儿子，连生你养你的妈都可以背弃，哪天变心也会弃我如敝屣吧？”

总之，这个问题是绝对无解的。

身陷此种绝境时，只能说出真正的心声了：“宝贝，我最近是不是对你很不好，你才会用这种问题置我于死地？”

“你不爱我了吗？你是不是在找借口吵架从而抛弃我？求求你不要离开我！”

如果这样老婆还不罢休，那，面对现实吧！当初怎么会选择了这种老婆啊？

其实，说话技巧是一回事，爱的多寡完全是另一回事。话说得如何，答案是否正确，跟到底爱不爱，有着很大的差距。遇到另一半问怪问题时，与其拼命猜测她心中现在是在演哪一出戏，试图对上她的剧本，不如试着绕过陷阱，直接诠释她背后的用意与需求。

除了“掉到海里”和“谁比较美”之外，下面根据男性读者提供的“被女友（老婆）问过的最毛骨悚然的问题”，提供几扇“逃生门”。（使用须知：请务必自行融会贯通、创新变化……女人非常讨厌老公不用心或捡现成的东西来搪塞，如果您一字不动地拷贝使用，可能会连人带书被丢出家门。）

一、老婆：“你是不是还像以前一样爱我？”

无效的回答：“当然一样啊！”

（老婆的反应：“为什么只是一样而没有更爱呢？”）

自找麻烦的回答：“不然为什么还跟你在一起？”

（老婆的反应：“你是不是想过不跟我在一起了？”“是不是因为习惯才继续在一起？”）

好心没好报的回答：“现在比以前更爱你。”

（老婆的反应：“原来你以前不是很爱我？”）

唯一逃生门：“听你问这样的问题，我好困惑！难道我平常做的你都没有看到？我是不是方法错了？”

开启这扇逃生门的原理在于：反转诘问，好好揣摩她为什么要这样问，并且说出自己被问的感受。当太太询问爱的感觉，最好的方式当然是比她更认真地谈感觉。实践中，这位太太听完十分错愕，反而不好意思地说：“不是啦！你这么严肃干什么？只是开个玩笑……”

二、女人：“你当初追我的时候，喜欢我的点现在还在不在？”

花美男版逃生门：“唉，这是一个很难回答的问题。当初看你的好，就像是最底层的编织，跟你在一起的这些日子，层层叠叠的甜蜜美好一直编织上去，我早已看不清楚底下的色彩。你画过油画吗？亲爱的？”

成熟版逃生门：“坦白说，当初看到你，你还是个小女孩。而我呢，也是个毛头小子，根本不懂怎么品味女人。所以，那个时候喜欢的点还在不在，有些真的是不在了，唉，还好不在了，

034

学习，在一起的幸福

你长大了！我想要的，也不再只是以前那些东西。不然，你就得担心我去喜欢一个跟你当年一样的年轻妹妹了！”

三、美腿老婆：“你喜欢公司新来的妹妹吧？腿很长，是你喜欢的型？”

下场会很惨的老公：“有吗？我没仔细看。”

（老婆：“那，等你仔细看过，就会喜欢她了？”）

无耻正解：“老婆，你是这一型中的女王了，留一条生路给别人好不好？我们家已经有最美的腿了，你又没办法照顾所有男人！”

或许您觉得这样回答太夸张，这样逃生有违尊严。其实我也这么觉得！所以，就像我不敢苟同让男人穿米奇装求婚一样，我也不认为伴侣之间需要问这种问题。

现在的症结是，如果您的伴侣老是喜欢问这种问题，代表您遇到的并不是一般的情况啊！非常情况，只能用非常手段来处理，并不是建议大家都变成这样的！

夸张的示爱，只要有诚意做基础，就可以说是一个人放下自尊的表白。有时候伴侣会需要另一半放下自尊，就像宠物狗对主人摇一下尾巴，以便让主人感觉自己的重要。尤其是，愈是平常刚正不阿的男人，如果能说出柔软的情话，愈能让另一半感觉踏实。

至于，“如果可以重来，你还会不会跟我在一起？”这样的问题，您还犹豫该如何回答吗？

“如果能有这样的幸运，我会让你感觉不是重来，而是更好！”

幸福想一想

- 你最常问另一半什么问题？他的回答是否都能符合你的期待？
- 什么样的问题会引起另一半的反感，甚至让两人产生争执？通常你会怎么处理？

嫉妒是灼热的火

——在灰烬中拥有你

我爱你。当你全心属于我的时候，片刻即成永恒。

我想你。当你被其他人或事占据的时候。

我嫉妒。因为它们瓜分了你的爱。

有人嫉妒爱人的工作，有人嫉妒爱人的朋友。他的某个亲人，她的一种嗜好；一个被她赞赏的球员，一个接受他服务的顾客；一本独占他睡前时光的书，一部引起她忧伤垂泪的电影……凡是自己无法参与分享的事物，都可能引起嫉妒。

无论两人拥有如何亲密的关系，终究会有无法共享的部分。对于自己暂时被排除在外而得不到爱人注意的情况，每个人的调适能力都不同。

如果能爱一个人而不需承受嫉妒的考验，那该有多好！拥有时的甜蜜感与失去时的不安感相对比，使我们渴求爱人给予我们更多的时间与心力。有时是因为确信被对方爱着，自觉可以要求更多，这是恃宠而骄的嫉妒。有时却是无法确定对方的心意，担心失去或被欺骗，因而紧抓对方，这是存在感遭受威胁的嫉妒。

无论出于哪一种心理，嫉妒都会让人焦躁不已、坐立不安、行为冲动、口不择言，对别人生气，也对自己生气。有这种糟糕透顶的感觉时，极度需要情人耐心的抚慰，但是嫉妒的情绪实在太强烈了，经常会把情人吓跑或是吓傻，反而让情人一句好话也说不出来，最后只能自己收拾爆发后受伤的情绪。其实也没有什么收拾嫉妒的好方法，一般都是发现“再闹下去，对方真的会走掉”，所以不得不安静下来。

亲密关系中的嫉妒，也与疑心、不信任有关。有时候，这是某一方个性的原因，比如成长过程中信任感受挫，以至于需要更

多的掌控感。其实这样的个性在交往初期就会表现出来，但热恋期的人们更喜欢靠近彼此，而不是给彼此空间，所以常忽略了这些问题。例如，没有办法等待，亲密感的需求必须立刻被满足。表态很快，追求的速度很快，关系的进展很快。愈是让人觉得爱到痴狂的人，通常掌控的需求也愈大。

远离嫉妒的情绪折磨

不再受嫉妒折磨的根本方法，或许只有停止在爱情中计算得失。如同美国诗人亨利·凡·戴克（Henry Van Dyke）在《一个爱人的嫉妒》（*A Lover's Envy*）中所描述的情怀——

A Lover's Envy

I envy every flower that blows
Along the meadow where she goes,
And every bird that sings to her,
And every breeze that brings to her
The fragrance of the rose.

I envy every poet's rhyme
That moves her heart at eventime,
And every tree that wears for her
Its brightest bloom, and bears for her
The fruitage of its prime.

I envy every Southern night
That paves her path with moonbeams white,
And silvers all the leaves for her,
And in their shadow weaves for her
A dream of dear delight.

I envy none whose love requires
Of her a gift, a task that tires:
I only long to live to her,
I only ask to give to her
All that her heart desires.

一个爱人的嫉妒

我嫉妒她去过的草地旁
每一朵摇曳生姿的花
每一只对她歌唱的鸟
每一阵向她吹送
玫瑰馨香的暖风

我嫉妒每一个诗人
打动她心灵的妙韵佳句
每一棵为她
盛开灿烂花朵
结满累累果实的树

我嫉妒每一个南方的夜晚
在小径为她铺满白色月光
在树梢为她缀满银色叶片
在暗影里为她编织
一个可爱愉悦的梦

我一点都不嫉妒那些爱她而需要她回报的人
那终究会令她厌倦
我只渴望将生命呈现给她
我只希冀能给予她
所有她心中欲求的事物

能这样爱一个人吗？希望自己能像所有美好的事物一样带给爱人快乐而不求回报。羡慕一种“给予爱”的能力，不嫉妒“获得爱”的幸运。想要如此，前提是必须拥有完整的自我，不惧怕失去爱人将导致自我的毁灭。

人们都希望如此被爱，却往往无法如此爱别人，时时计较自己得到的够不够多，而忘了恋爱的初衷。

让我有个爱你的机会——好想拥有如此美丽的心境，回到当初不生嫉妒的净土。

幸福想一想

- 你觉得两人之间情感互动的最好方式是什么？
- 如果感觉自己是付出比较多的一方，你会尝试和另一半沟通吗？
- 你觉得自己爱另一半比较多，还是另一半爱你比较多？

自由与依恋
——爱与被爱当然是两回事

爱不只是感觉，还应该包含真实的生活。一个在现实中经常缺席的恋人，看似是真人，实际上只是心中幻想的投影。

自从在《别来无恙》中谈到自由与依恋的矛盾，我接到许多读者的回应。与过去相比，反应相当不同。的确有女性扮演着与一般想象不同的角色——并不是苦苦追赶着爱情与男人，而是被爱情与男人追赶着。

身边通常有个好男人，但对于这个好男人，女人不愿被束缚，不想给承诺，不想对他专一。女人说，我想要自由，想远走高飞，想激发自己所有的潜能。

对不起，我不是那种甘于平凡生活的人，我不能跟你在一起，你想要的家庭是装不下我的。

真的有人可以如此自在、独立，不需要亲密关系吗？我相

044

学习，在一起的幸福

信有人真的如此，但许多这样说的人，真正的原因是心里另有他人——一个理想的、得不到的情人。与对待身边好男人的态度完全不同，她对得不到的情人万分牵挂。

“A一直守候在我身边，好多年了。无论如何跌倒，我都能握着他的手站起来，可是只要一站起来，我就无法忍受继续待在他身边，觉得不耐烦！我的心追随着B，十年来他始终飘忽不定，总是不在我身边，但我对他有一种难解的依恋。最近B再度消失，而A向我求婚了，我该怎么办？”

忠于自己的需求和感觉

什么是难解的依恋？有点像国王的新衣——别人看不见，自己也不太清楚的一种爱。周围的人都说，B根本不爱你，A比较好。可是，你自己一直相信与B之间有一种珍贵的东西。一边等待着B，一边始终没有真正地离开A。

处在这种情况中，直接选择任何一方都可能很糟。如果选择持续依恋B，那你将继续活在梦幻中。爱不只是感觉，还应该包含真实的生活。一个在现实中经常缺席的恋人，看似是真人，实际上只是心中幻想的投影。

如果选择可靠的A呢？明知自己不爱他，只是选择一个避风港、一根跌倒时的拐杖？或许这样的伴侣能提供表面的支持，但是，漂泊的心呢？一个无法引起她热情的男人，能留住她漂泊的心吗？会不会每天一起生活，却仍然感觉寂寞，自己偷偷地望着远方呢？

活在一种关系中，却必须望着远方——身边伴侣无法分享也无法想象的远方，这是情感上最寂寞的状态。

为什么不忠于自己的需求和感觉呢？在真实生活中相互扶持的需求是重要的，在感觉上契合、拥有热情也是重要的，少了任何一部分都不算完整，A或B都不是答案，感情并不是二选一的习题。

因为心思被飘忽不定的B困住，所以没有余力建立另一段需要用心经营的关系，只能与不麻烦而省力的A保持关系，结果当然会演变成没有出路的二选一的僵局。与其思索如何二选一，不如多花心力理解自己的依恋。是否混淆了幻想情人与真实情人的面目？是否由于过去的缺憾，一味沉浸在痛苦的回忆里，不痛就觉得不真实？

对B一般的情人，该走出不切实际的依恋；对A一般的好人，该放下没有爱的依赖。调整自己之后，重新寻找共享生活与情感的伴侣。远或近，往往只在一念之间。

“爱人”或“被爱”，哪个比较幸福?

理想状态下，我们认为关系应该是“我爱你，你也爱我”。然而，诚实地说，两个人之间，我们通常不知道现在是自己爱对方比较多，还是对方爱自己比较多。

“爱不能比较！”你会这样抗议。

是的，爱不需要比较。但是，爱需要自觉。如果心里知道彼此的投入程度有差别，就必须认真面对自己的感受，想清楚“我是不是愿意继续这样爱他，不计较回馈”，这会影响对方的抉择和两人一生的幸福。不愿意想清楚，一厢情愿地相信“以后他就会感恩图报”，多年之后才懊悔，开始不断攻击对方，这样的人害己也害人。

坦白说，我并不全然赞成“被爱比爱人幸福”。对某些人而言，爱情并不是很重要的事，找一个相当爱自己的人，安稳地做伴，显然是正确的抉择。但是，对于另外一种人，那种“没有感觉就像没有氧气”一样的人，跟一个自己不爱的人在一起生活一辈子，才是可怕的空虚。

跟一个“非常爱我”但“我没有特别感觉”的人在一起，那种心情应该叫感恩。感恩当然是幸福的一种。

跟一个“我很爱他”的人在一起，期待得到他的注视，希望他逐渐接纳你，两人的关系愈来愈亲密，那种幸福是某种自我实现与梦想落实的幸福，跟感恩的心情不太相同。然而，其中有一条非常微妙的界限！对方可以爱得比较少或比较冷一点，但不能少到不爱和不珍惜的程度——不顾一切地爱一个根本无心响应你的爱的人，你就是在浪费自己的生命，你永远不会得到幸福。

专情、深情、痴情，多情、滥情以及无情

深情，是相对的，还是绝对的？一个深情的人对谁都深情，还是跟某个特定的人相处，才会涌出源源不绝的情感？

专情、深情、痴情，你最想要哪一个？

我们相信，必须相信，最好相信，世界上有专情的人。

虽然不容易遇到。

或者，不容易防止“专情”这样珍贵的东西变质腐败。

然而，什么是专情？“爱上一个人之后，对其他人就不会有感觉了”，这算专情吗？并不是自制，并不是拒绝诱惑，而是有了一个伴之后，对其他人就再也不起反应……真有这样的人吗？

没有遇到过诱惑、没有拒绝过别人的人，堪称专情吗？从来没有淋湿的手表，谁知道它防不防水？

例如，实在没有其他人会对他（她）感兴趣的伴侣，因为

没有别的可能，于是一辈子待在一个人的身边。这并不需要特别的意志力，无伟大坚贞可言，不过是因为他（她）根本没有其他机会。很多人倾向选择这样的人（有时甚至连自己也不太有感觉），以便安心共度一生。这样也很不错，只是，如果把这种人跟专情画上等号，对于真正专情的人，好像有点不公平。

专情的价值不仅在于投注感情，还包括“摒弃其他的可能”。

不把这一点弄清楚，一心寻觅不会变心的人，结果可能是跟无趣而且丝毫不可爱的人在一起。

深情，是相对的，还是绝对的？一个深情的人对谁都深情，还是跟某个特定的人相处，才会涌出源源不绝的情感？

深情有“量”的意味。深谷深海一般，爱得丰沛厚实。专情的人不一定深情，有些人能被挖掘的爱就只有一点点，毫无深度可言，刮一点就见骨漏底了。

投注深情的目标，应该是对你也有情意的人。对没有相对意愿的人深情，那该叫痴情。痴着，坚持着，不接收现实的信号，不动用理性，只一直继续爱着。不了解对方，就坚持爱着，到底是爱对方，还是爱自己的幻想？

情感的痴，需要异乎常人的坚强顽固才能够支撑，否则往往是难以承载的。

很久很久以前，我遇见一个被诊断为偏执妄想症的女人。我认识她的时候，她已经在疗养院住了十多年，因为她深信她和一位陈先生之间有着海枯石烂的爱情。问题是，人们说，这位陈先生只存在于她的脑子里、心里、幻想中，现实世界里没有这个人。

我问她，陈先生来看过你吗？如果他真是你的爱人，怎么会让你孤零零地待在这山里的疗养院？十几年了，是不是该忘了他？还是听听别人说的，你弄错了，没有他？这样，他们就会让你出院了吧。这里只有羊和坟墓呢。

她丝毫不生气，像个姐姐般温柔地回答我："不管他对我如何，不管有没有他爱我的迹象，我都会永远爱着他。一直爱下去，只要我活着。不需回报的，才是真爱呀！等你爱过一个人，就会懂了噢！"

我无言了。

后来，我常常想起她。每次惊觉爱人只存在于幻想中时；每次在现实中找不到被爱的迹象，即便是这样，也无法停止爱的时候……我想起的是，那天她背着光说这些话时，我突然无法确定她是否也只是个幻影，我心里涌起一种真假虚实无法厘清的哀伤。

能分辨多情、滥情和无情吗？

在专情、深情和痴情的对面，住着另外三种情。有感觉就爱，可以同时爱很多人的多情；没感觉也能爱，不嫌麻烦的滥情。多情和滥情，在单一伴侣的世界中已经被批评过无数回了，不需要再说什么。

不过，我认为多情和滥情不一定都很可恶，真正糟糕的是无情。想怎样就怎样，一点也无法感觉别人疼痛的那种无情。

多情或滥情的人，不见得会随意把别人的心切开丢在地上，可能会把自己的生活弄得很麻烦，却天真地希望尽可能不伤害人。这些人与其说是坏，不如说是情志软弱。但无情的人，永远不觉得亏欠别人，永远只想着自己方便。

感情关系发生的过程与结果，虽然表面上看来一样，例如最后在一起或是分手，但因为内在不同的态度，会让人留下完全不同的感受。总是分不清自己和爱侣所信奉的情，一厢情愿地恋爱，就可能变成悲情了。

什么样的人都有，爱的态度没有对错，彼此搭配就好！

幸福想一想

- 你觉得自己比较偏向哪种情？另一半呢？
- 阅读此文后，你对于爱的态度是否有重新的解读？你觉得自己和另一半的爱情态度是否搭配？

Love—thou art high

Emily Dickinson

Love—thou art high—
I cannot climb thee—
But, were it Two—
Who know but we—
Taking turns—at the Chimborazo—
Ducal—at last—stand up by thee—

Love—thou are deep—
I cannot cross thee—
But, were there Two
Instead of One—
Rower, and Yacht—some sovereign Summer—
Who knows—but we'd reach the Sun?

Love—thou are Veiled—
A few—behold thee—
Smile—and alter—and prattle—and die—
Bliss—were an Oddity—without thee—
Nicknamed by God—
Eternity—

爱情——你很高

迪金森 著 陈黎 译

爱情——你很高——
我无法爬上你——
但，如果有两人——
除了我们有谁知——
轮番上阵——在钦博拉索山顶——
公爵般——终于——与你并立——

爱情——你很深——
我无法越过你——
但，如果有两人
而不是一人——
划手与轻舟——某个至高无上的夏天——
谁知道——我们将抵达太阳?

爱情——你蒙着面纱——
一些人——得以窥见你的容颜——
微笑——变化——痴语——而后死去——
极乐——将成古怪的东西——如果少了你——
被上帝昵称为——
永恒——

Chapter 2

你的怪癖与我的狂想

在亲密关系中，人们都害怕两个极端：
一端是被忽略、被拒绝、被抛弃；
另一端是被吞噬、被控制、失去自我。
每一个人都要在这两个极端当中寻找平衡。

反映式沟通
——听懂，再说

沟通就像盖房子一样，双方必须先建立好的关系地基，逐步竖起梁柱，接着固化填充物质，最后才加以装饰。

许多人问我，为什么与伴侣“沟通”那么困难？通常我会反问，您所谓的沟通是什么？

不假思索地开口说话，自顾自地倾吐心声，喋喋不休地数落对方……这样说话不管花多少时间，都无法解决问题。因为这只是说话，不是沟通。

如果想追问对方不愿分享的秘密，或者逼迫对方接受违反心意的要求，当然算是高难度的沟通。但若只是希望增进彼此的了解，例如“说说他心里的烦恼”“谈谈他为什么不能多花些时间在家里”“最近都在忙些什么”，或者拉近距离，像是“请多关心我”“想不想知道一下我的想法”……这些应该算是基本的沟通。然而，许多人连这种沟通都有困难，甚至愈沟通关系愈糟糕。

沟通就像盖房子一样，双方必须先建立好的关系地基，逐步竖起梁柱，接着固化填充物质，最后才加以装饰。也就是说，顺序非常重要！别以为脑中装满甜蜜的词汇就能与人沟通——甜蜜言语当然是重要的，不过它们相当于基础巩固之后才派得上用场的壁纸、装饰与灯光。

他说的话你听懂了吗？

人与人之间“好好聊聊”的第一步，必须符合“反映式沟通”的原则：明确地让对方知道，他所说的话你都听懂了。

反映式沟通包括三个要点：

第一是“关注”——关心对方的想法、感觉和经历，想加以了解，而不是想加以改变。基于这样的态度邀请对方分享。

第二是“反映”——认真倾听对方说的话，然后把听到的意思重述一遍。所谓反映（mirroring），可以将自己想象成一面镜子，忠实地映照出对方的话语，不要扭曲对方的话，不要添油加醋或自行臆测，同时询问对方“你的意思是不是这

060

学习，在一起的幸福

样或那样……”“我这样理解对吗？”请对方更正我们的理解，直到对方同意“你说的”跟“我说的”是一样或非常接近的意思。

第三是“同理”。针对对方的感受，表达接纳，以及“设身处地”的理解——“原来你是这样想的，也难怪你会难过啊！”

不久前，一对银发夫妻在我所参与的电视节目中慷慨地分享了他们的经验。老公说，有了小孩之后，老婆的注意力都在孩子身上，自己常感觉受到冷落。有天早上，他们夫妻和两个小孩醒来后，在床上有说有笑，接着老婆和孩子下床，老婆顺手拿起遥控器，“嘀”地一声把空调关掉，笑眯眯地牵着孩子走出房间，好像完全忘了他还在房里。

老公说完之后，老婆立刻响应：“我怎么可能忘记你在房间里？后来不是还去叫你吃早餐吗？我以为你也要出来了，所以先关掉空调，免得你又忘记关！”可想而知，老公接着说：“什么叫我‘又’忘了关？我什么时候忘记过关空调？你自己才常忘记，像上星期天……”然后是老婆的反驳、老公更多的反驳，老婆的愤怒、老公的愤怒……最后他们的结论是“以后还是少沟通吧”。

“反映式沟通”该怎么说？

如果采取“反映式沟通”，在老公说完受冷落的感觉之后，老婆应该先加以吸收，进行反映：“你的感觉是不是这样——老婆和孩子离开房间时，为什么会把空调关掉呢？是不是老婆内心觉得她和孩子就等于‘所有人’了，因为只有‘所有人’都离开房间，才会把空调关掉……这让你觉得我心里没有你，一忙小孩就忘了你的存在？”这样说，可以让老公确定自己真的把他说的

话听进去了。接着尝试理解老公为什么会有这样的感觉，不要急着撇清责任。当然，老公也要对老婆采取同样的反映式沟通，如果彼此都能给予充分的反映与同理，许多事情最后都能找出某种妥协之道。

关于沟通，顺序真的非常重要！

除非确定自己的感受被了解了，否则一个人很难接受别人的建议或解释。

“如果你根本没有听懂我的困难点，你的建议怎么会是对的呢？”

付出与回报
——尊重彼此的差异

有机会了解伴侣的真实期待，才可能更有效地付出，而不是白忙一场，甚至造成反感。

广播节目现场，有位女士分享她的困扰。她长期为家庭付出，无论在生活作息、娱乐消费各方面，几乎不曾为自己考虑，一切以丈夫与子女为要，她的丈夫却长期对她很冷淡，最近甚至告诉孩子："我早就想抛弃这个家了！"

"为什么对一段感情全心付出，却得不到回馈？"

应该有很多人有此困惑。我想起不久前某家杂志社寄来的采访大纲，也包含了这个问题。

其实，这就好像在问 "为什么一直刷锅，却煮不出好菜"或"为什么一直用力跑，却没有飞起来"，不是吗？

在感情关系中，"用心付出"和"获得回馈"这两者之间，本来就关联薄弱。

有人爱我，我就一定会爱对方吗？

我爱一个人，对方就一定会爱我吗？

道理每个人都懂，只是人们往往难以接受。

关于这类困扰，听到的建议通常是："付出太多会把对方宠坏，忘了尊重付出者，所以应该少爱一点。"这或许是值得思考的，不过，在感情受挫的时候，很难做到"少爱一点"，反而会想："我一向付出那么多，都得不到对方的爱，如果减少付出，恐怕什么都没有了吧？"

付出多或少，并不是决定关系质量的要素。付出的东西，如果不是对方需要的，即使你用同样的方式付出再多，你们两人也不会产生爱情，你只会把自己掏空。

真正了解伴侣的期待

伴侣之间出现这种僵局时，亟须探讨彼此对于关系的期待。在这个例子中，那位女士的丈夫想抛弃家庭的原因是什么？

他期待另一种家庭、另一种方式吗？他根本不想要任何家庭？还是他以此表达某种不满？

066
学习，在一起的幸福

丈夫必须厘清自己对理想家庭的想象，并且愿意让太太了解，而太太必须愿意让丈夫充分表达他的期待。认真面对彼此，好好想想，另一半喜欢的方式是不是自己能够配合的？目前无法配合的原因是什么？如果两人的期待有落差，是否能持续沟通一段时间，彼此都做点牺牲与妥协？

有机会了解伴侣的真实期待，才可能更有效地付出，而不是白忙一场，甚至造成反感。例如，妻子认为自己全心全意地陪伴子女或做家务事，也算是对丈夫表达爱的方式——“因为爱你，所以才不辞辛劳地照料我们的家和家人”。但她的丈夫可能完全感觉不到，反而觉得太太只在乎孩子，并不关心自己。

当婚姻治疗师建议伴侣了解彼此的期待时，许多人一开始是抗拒的，他们宁可继续怨恨、继续伤心，也不愿好好听听对方的期待。深入探讨原因，其实是因为害怕——万一对方说出期待，我却做不到，怎么办？

这样的恐惧是可以理解的。然而，伴侣对两人关系或生活的期待，不会因为我们不问、不听，就不存在。

不鼓起勇气面对伴侣的期望，只会让两人之间的鸿沟愈来愈大。

就算彼此的期待有落差，只要能感受到另一半对自己的重视，以及愿意为自己改变的开放态度，大部分的伴侣都会愿意继续尝试，寻找新的协调方式。经过这样的努力，就算最后因为无法配合而决定分开，这段充分的沟通和尝试也能帮助彼此维持自信，尊重彼此的差异，不至于感觉自己被无情抛弃而无法平复情绪。

在关系中寻找平衡

在婚姻或一段亲密关系中，人们都害怕两个极端：一端是被忽略、被拒绝、被抛弃；另一端是被吞噬、被控制、失去自我。

每一个置身于关系中的人，都在这两个极端当中寻找平衡。

太在意被抛弃而没有办法独立存活的时候，只好紧紧抓着伴侣，变成过度掌控。

很害怕被吞噬的时候，宁可没有幸福，也绝不要负担，甚至会以为自己不需要亲密关系。害怕任何人太靠近，只要伴侣表现出一点点的控制欲，都会引起我们的抗拒。

其实，在这两者当中挣扎的，都是内在未曾被妥善整合的张力。感觉关系出现无法解决的矛盾时，需要先给自己静心反思的空间。每个人的生命成长都会有自己的道路、自己的方法，适度的空间能够滋养自己，让自己喘息，也能让伴侣有机会从被动变为主动。

埋首付出之前，先确定另一半想要什么。

昨天想要的，未必也是今天想要的。

不断学习如何让自己有更大的能量和容量，可以付出但不被掏空，不致因为付出而产生愤怒，也不怨怼伴侣无法同等地回馈。

彼此都抱持如此的态度，才能一起走进明天！

老爸的开心礼物

——我可是个宝贝

以前的小孩多半是考上学校才会得到礼物作为奖赏吧？现在的孩子没考上也可以得到安慰的礼物。这么多的爱，对成长到底是不是好事呢？

纽约肯尼迪机场的免税店里，一个中年男人在名品区来回寻觅，不时看着手表，似乎快赶不上飞机但又非买到东西不可。他身形矮小，穿着有点褪色的保罗衫和材料粗糙的黑色休闲裤，似乎与精品店显得格格不入，连店员都不太热情招呼他。最后他买了一个大型汉普敦包，大概是店里最贵的春夏款式。为了好好提着印有品牌名字还系着蝴蝶结的超大纸袋，他把自己的公文包和一个塑料袋挂在登机箱的拉杆上，急急忙忙地往登机门跑。因为挂了太多东西，登机箱一路歪歪倒倒，他的脚步颇为狼狈。

不知是帮谁买的？太太、女儿、女朋友？直觉应该不是妈妈

或姐妹。

收到这个包包的女人是否会想象他努力购物的这番模样，脸上泛起一抹微笑，然后被幸福感包围呢？

爱孩子的方式

经过十三个小时的长途飞行，在东京转机时，碰巧又排在这位男士后面。这回他胳臂上多挂了一个免税化妆品的纸袋，每次要前进时，他都手忙脚乱，大家得等他好久。他转头跟排在后面的旅客说抱歉，突然认出我是“太太在看的节目的心理医师”，于是候机时他就开心地找我聊天。

我说：“您是受家人嘱托购物的吧，大袋小袋的，真辛苦哇！”

他说，化妆品和香水是太太的，“我太太会把清单用英文列好，直接交给免税店小姐，我就可以等着刷卡了，我也搞不清楚买了些什么。呵呵！可是，买包包就头痛了，想给女儿一个惊喜，所以事前没有问要哪一款，没想到女孩子包包种类那么多。”

原来这位先生的女儿在他这趟出差前考研究生落榜了，担心女儿心情不好，他想买个“分量够大，可以让她开心，转移注意力”的礼物。“小时候不开心的话，我就买大玩偶”，想起女儿小时候，他笑得很灿烂。“现在是时髦小姐了，爸爸能给什么……老师，依您看，我买这牌子应该不算太差吧？”

“怎么会呢！这牌子很受年轻人欢迎，她一定会很开心的。”

一定会开心吗？其实我也不知道。如果是被父母宠惯了的年轻女孩，从纸袋中拿出包包时，失望地说：“拜托，爸，你怎么买这款啦？我想要的是麦迪逊包啦……”或是“为什么不买粉红色呢？”然后就塞回纸袋里，从来不用，要不然立刻丢给妈妈……也不是不可能发生的。

希望不要如此才好。

礼物的用意

以前的小孩多半是考上学校才会得到礼物作为奖赏吧？现在的孩子没考上也可以得到安慰的礼物，如果考上，当然又有庆贺的礼物。这么多的爱，对成长到底是不是好事呢？

有位女性朋友发现丈夫有外遇之后心情大坏，她的富豪父亲立刻买了一栋河景别墅送给她。“什么逻辑啊？”转述给我听的朋友说，“一栋别墅如何安慰一个女人失去丈夫忠诚的愤怒和沮丧？”

我不知道这位父亲真正的用意。也许，爸爸的大礼可以提醒她：你是爹地的心肝宝贝，没必要让自己受苦！

珍贵的礼物，对一个不擅长言辞表达的父亲，或一个不容易记得自己被爱的女孩，或许有它的功能。父母理性的爱可以让孩子懂得尊重自己，在关系中坚持原则，懂得拒绝被伤害。不过，被父母过度呵护着长大的孩子，进入伴侣关系之后，需要重新学习平等与妥协，如果心里惯于想着“我是爸妈的掌上明珠，你不能欺负我”“我家从来没有人不听我的”，期待伴侣像爸妈一样地给予宠溺，每次吵架都要让自己赢，心情不好就等着被安慰……如此的伴侣关系，终将因失衡而出现问题。

每一个人都希望被伴侣呵护着，像对待宝贝一样地被爱。

但是，两个宝贝在一起，如何经营婚姻、家庭和人生呢？

美丽的老派爱情
——永远都想被珍惜

抚摸一片片被压干的花瓣，她早已记不得哪些是哪个人送的、哪一天送的。但现在看来，又何必区分呢？

十八岁的女儿恋爱了。就读于不同学校的男生每天下课都会到校门口等她。男孩总会带点什么，一束飘着淡淡香气的花、一件不昂贵的可爱礼物、一页歌颂女孩如何灵秀美丽的笔记纸。

女儿告诉妈妈：“我同学说，这男生太老派了！”

妈妈有点惊讶：“是吗？你们现在不喜欢这样的？我看他送你的礼物，都替你觉得感动呢！”

女儿好奇地问：“在所有男生送过的礼物中，妈最喜欢的是什么？”

妈妈想了想，意味深长地对女儿说：“好好享受恋爱的感觉吧！”

女儿的恋爱勾起了妈妈内心的甜美记忆。她先在脑海中盘点温习，过了几天，开始跑回娘家翻箱倒柜，一一找出过往的爱情痕迹。

曾经收到的鲜花早已凋零而被丢弃，但陈旧的厚书里还夹着玫瑰花瓣，虽然艳红不再，但片片褐黄中超越时间的存在感更令人安心。思绪回旋起舞，多久没有收到玫瑰花了？十年，还是二十年？她想着，丢弃小男友送的花束前，女儿是否也会偷偷地留下几片花瓣，像自己当年一样？

一张照片的回忆

当收到花的时候，我们并不会想要保留所有的花，事实上也没有办法保留那么多。当年，自己心中想必有着某种原则，将礼物按重要性的程度不同加以排序。抚摸一片片被压干的花瓣，她早已记不得哪些是哪个人送的、哪一天送的。但现在看来，又何必区分呢？有些来自曾经爱慕着她却无缘在一起的男友，有些来自特别的纪念日，有些是稀有的品种，有些代表道歉，有些暗示着重新接纳，有些是她单方面决定要分手时，试图挽留的男友握在手中苦等过好几个小时的……

077

别人看不懂的 我们之间

书页中还有一张照片。不知是哪里的海岸，沙滩上，大小相近的灰白色石头排列出她的名字。她没有去过那里。是一个男孩寄来的照片，寄来时没有写其他文字。

这样的照片，不需要文字。还有什么比这张照片更能表达他的心意呢？

我在海边。

我想着你。

我花了一些时间捡拾大小适中的石头，排出你名字的一笔一画。潮水来了，冲歪了一部分，我重新排过。阳光渐渐柔和，我在一旁等待光线最美的时刻来临，在夕阳中拍下这张照片，送给你。

为什么送给你？这些，本来就属于你，不是吗？你的名字，你的意象，惦念你的我，因这一切而成就的美。

我爱恋你，如同沉默的石头爱恋海洋。

我歌颂你的名字，不在乎将被海浪冲散。

她是这样想象的，关于这张照片和拍照的男孩。

她不需要证实他是否真有这番心意，就像他不需要问她收到照片之后的感受。

这张照片永远见证一个事实，曾经的某一个午后，海水湛蓝，她不在他身边，而他想念着她。

她打算把这张照片带回家，用来回答女儿的问题。

她想告诉女儿，老派的爱情多美啊，可以让人怀念一辈子。

在俗世生活之外存在一个记忆天堂，疲倦的时候可以回到那儿歇息一下，重新相信自己值得被爱。

永远以这般心情，珍爱身边的伴侣。

不论相聚的缘分长短，只要两人共同创造的是爱与温暖，感情就会在心中不朽。

寻找非洲酋长

——偶尔幻想不犯法

昏昏欲睡的听众都醒了，男人女人的眼神都明亮起来，他们发出会心的笑，仿佛看见冒险电影的主角在演绎凡人都曾幻想却不敢去实现的梦。

闷热的午后，大学讲堂内正在进行一场国际心灵大师的工作坊讲座。听众多半是忙碌的专业工作者，他们连续数周在工作之余参加进修课程，虽然兴致不减，却能感觉到整体气氛有种沉沉的倦意。正好呼应着当天的主题：中年倦怠。

人生进行到中年的种种惯性，工作、家庭、生活中密密麻麻的既定行程，就连最接近心灵成长的一群听众也未必能爬出自己所织的网。

不知有意还是无意，此时大师谈起了他曾经认识的一位女性。这位女士已近不惑之年，某天早晨一觉醒来，她突然无法再忽视自己的感觉。身边的老公？受够了。儿女？行程都比她还忙。工作？不可能再做出什么新鲜的东西。积蓄？如果能停止为了打发空虚而做的无谓消费，安于朴素的生活，现有的也该够了。她抛下一切出走，浪迹天涯到了非洲，和散发着原始男性魅力的部落酋长陷入热恋，成为他妻妾中的一员。

原本还想思索“他们用什么语言沟通”，整个教室的气氛却像翻滚的浪潮般不断高涨，冲散了理性的思绪。昏昏欲睡的听众都醒了，男人女人的眼神都明亮起来，他们发出会心的笑，仿佛看见冒险电影的主角在演绎凡人都曾幻想却不敢去实现的梦。

“经历这么多，最近才了解自己真正想要的是什么，身边却是不了解自我时就结合的伴侣。”

这样想的人，他（她）的伴侣心里，大概也有同样的感想吧！

“虽说前半生如此走来有其必要性，但若还是继续这样到死，未免有些遗憾。”

但，不继续这样的话，又很恐惧。

“每天拼命投入的工作，除了可以从中获得薪水，还能给我带来什么满足感呢？”

然而，除了这种工作，我还会些什么？

蠢蠢欲动。为了不让这些念头打乱好不容易建立的人生局面，只好用更多“形式上正确”的事物填满时间——有人规定每周一定要抽出半天时间跟家人相处，但如果没话讲呢？看电影不用交谈，逛大卖场也是个办法。有人干脆周末加班。不然也可以进修或运动——从听过的排舞、插花、串珠、气功、各国语言，到没听过的乌克丽丽和蝶古巴特，将求新的能量升华，似乎都比面对深沉的空虚或寻找非洲酋长可靠些。

据说这位酋长太太在半年后就醒了，发现酋长只是她寻找自我的一个驿站，而不是终点。她离开非洲，回到自己的国家，开始深层的灵修，不久后，她终于遇到真正相知的伴侣。后来，她一直与爱人住在能眺望海滩的小屋里。

过着幸福快乐的生活？

这就没有人知道了。

故事说完，大家需要冒险的能量似乎得到了疏解。

偷偷沉醉于浪漫爱情小说的拘谨主妇。

关上房门狂练美女电玩的老实丈夫。

有时候，幻想情爱的出走，只是为了能够继续待在现实中。

意式浪漫
——男人还是男人，女人还是女人

这些平常安静的男人突然都很激动，感叹女人愈来愈不懂得欣赏内敛男性的可贵。

似乎许多人都有过女友被甜言蜜语的男人拐骗的惨痛经历。

初春的伦敦下起雪来，而且是湿湿的那种雪。气温一下高些，一下又低些，融化了的雪在地面结成一层薄冰，穿着鞋底没有加钉的鞋子很难行走。这个时节突发奇想，飞到了威尼斯。

虽是嘉年华前的旅游淡季，水都仍然游人如织。本来打算到了威尼斯要随俗搭乘贡多拉的，结果和友人在码头看了半天，怎么觉得哪里怪怪的。

“现在船夫都没有帅哥了吗？跟电影里面不一样。”

“帅哥都去演电影了吧！威尼斯快淹掉了，有志向的男人不会待在这里。”

大家讨论的“帅与不帅”的感觉，其实不是长相或体形，而是一种气氛。许多贡多拉船夫穿着羽绒服（该不会是优衣库的吧？看起来像！），还裹着围巾，总觉得他们也是来搭船的。

现代化的全球经济对于美景的破坏似乎深入到每一个角落，除了船夫的扮相，街上的店家多是国际连锁品牌，独具特色的小店无不面临与财团竞争的生存危机。还好餐厅比较不受影响，毕竟美食的力量和其他衣物、商品还是不同的。

大伙儿发现一家桥下的小酒馆，入口虽隐蔽，里面却热闹非凡。侍者平均年龄显然超过五十岁，但个个精力充沛。给我们服务的大哥满头银发，他一边点菜、上菜、收盘子，一边唱歌，还一边逗女顾客开心。倒酒的时候，他给女士足量的一杯，殷勤地说着“好酒献给美女”，然后挤眉弄眼地只给同桌男士一丁点；上甜点时也有把戏，他先掏出几把汤匙给女士们，接着作势就要走开，男士们纷纷喊着“喂喂”，他才极不情愿地掏出好小的迷你汤匙给男士，还凑在女士耳边说：“给他们小的就好了！”

对于这种简单的恭维，在座男性都露出不以为然的表情，撇着嘴说：“哼！意大利男人！”然而，女士们果然都很开心，连几位祖母辈的女士都咯咯笑了。

这么一来，餐后的话题自然转到“奉承女性”，这种被有为的男人视为轻浮，但多数女人还是会在心里偷偷享受的古典行为。

“你们女人就是会被这种殷勤欺骗，明知没有任何意义，却都乐成这样！”“意大利男人嘴很甜，到处都能跟女人搭讪。”“嘴上说你们漂亮，不代表他们真的这样认为。”

不知怎的，这些平常安静的男人突然都很激动，感叹女人愈来愈不懂得欣赏内敛男性的可贵。似乎许多人都有过女友被甜言蜜语的男人拐骗的惨痛经历。

其实，哪一个女人不知道随意的恭维是谎言呢？只是，偶尔也会想来一点，就像威尼斯酒馆晚餐后的提拉米苏，老套却甜蜜。

对于意式浪漫，女人还是期待的。

对于稍受赞美就开心的女人，男人还是心疼的。

伴侣的地位应该平等，但说到情趣，男人和女人偶尔刻板一下，或许，无妨吧？

幸福的个性
——接纳过去往前走

为了某种过去留下的遗憾，人们无意识地、奇妙地制造意义上类似的情境，内心期望这次可以做对，以弥补或抵消之前的痛苦。

什么样的人能够幸福？

在认识的人之中，曾经有两个女孩差不多同时遭遇感情的变故。处于这种低潮时期，她们看起来一样落魄狼狈。虽然各人的故事表征不同，内涵总是相似的。感情的问题，还原到底都是如此——认为自己付出很多，不明白对方为什么不珍惜。最后，早已被对方逐出心房的人，终于失去挣扎的力气，被迫接受分手的事实。

刚开始，她们的状况很像，情绪起伏不定，思念与愤怒交替来袭，重复思考自己是不是被对方否定了？被利用了？还是哪里做错了？无助时只能找朋友倾诉，身心疲惫。然而，不出数月，身边的朋友已经可以预见她们未来不同的际遇。

第一个女孩

第一个女孩不停地抱怨周围的人。

她觉得观念传统的家人不能为她分担痛苦，朋友给的建议统统无效，上天不公平，亏欠她应得的支持与关爱。朋友劝她放下，她说："我不甘心！"家人劝她重新开始，她说："我受了这么重的伤，怎么可能站得起来！"说什么都没有用，周围的人学着默默倾听，配合她的需求，不评价、不乱出主意，但还是被她指责："难道你们都没有办法帮我吗？"

后来有个男人追求她，鉴于上次的情伤，她决定对这个男人严加考验，务必证明他对她的爱足够深厚强韧，然后再投入感情。每次想起不愉快的过去，情绪跌落谷底时，她期待看到新男友展现安慰的能力，但他说的话、关怀的方式总是无法化解她的烦躁，她很失望："为什么你不能用心一点？"

过了一阵子，男人知难而退，留下给她的祝福："虽然你不认同，但我真的努力过。别人对你的伤害，我弥补不了，别人欠你的，我还不清。我该走了。真心希望你有一天能快乐起来。"

090
学习，在一起的幸福

另一个女孩

另一个女孩也觉得家人的观念传统保守，不可能提供有用的见解，所以她选择自己承担，不告诉家人太多细节，以避免意见不同和过度关心所引起的争执。心情不好时她会找朋友，朋友邀约的活动，她会尽量参加。虽然食不知味，看电影也心不在焉，但她由衷感谢朋友的陪伴。她回顾这段关系的始末，慢慢消化了对方给她造成的疼痛。她说："我最希望看清的，不是他为什么不爱我，而是自己的个性有什么弱点。"

开始新恋情之后，她偶尔也会感伤，想起过去也曾享有甜蜜的恋情，最后却无情地变质，对于这次感情，是否要自私些、自保些呢？这种时候，她常提醒自己，既然对不好的前男友都能付出那么多，对于现在愿意陪在自己身边的人，应该付出更多而不是更少。失恋让人了解不被珍惜的痛苦，一定要公平地对待有心的人。

人们说她拥有最终能够幸福的个性。

那是什么？

一份对人的体贴，随时愿意调整自我的态度。

一种不为冷酷挫折所摧毁的个性，一种开放的、随时随地的接纳。

一个人的个性，可以在成长过程中不断地变形、转化。目前的为人处世习惯，不见得都是出自本心，许多是因为过去经历中受了伤而产生的扭曲反应，为了自我保护而戴的假面具。

不重复中的重复

有一种歌，从头到尾只重复着一段旋律，这种歌特别容易深入人心，像强迫症一般持续在脑中播放，好一阵子无处可逃。性格习惯也是如此。

重复，重复，重复。人们并不排斥重复，或者，因没法不重复而不得不接受。仔细想想，生活不就是由几种片段不断重复而组成的？循环着吃一样的东西，今天吃牛肉的话，明天是猪肉，接下来是鸡肉、海鲜、素食……然后又回到牛肉、猪肉、鸡肉……重新开始。生物学家发现人类连基因都是一组一组重复的，这一点也不令人惊讶。不重复的话，需要增加多少麻烦？

重复的情节，带给我们熟悉的感觉，我们以为这样比较容易驾驭，但实际这可能只是我们的错觉。有一种重复是绝对需要逃脱的，那就是“伤害”。

以为自己不可能重蹈覆辙，实际上却一再发生类似的事。例如，明知父亲的某种个性让母亲一生痛苦，也毁了自己的童年，长大后却老是爱上与父亲同类的男人。或者，每次都用某种方式与伴侣谈某件事，每次都不管用，却还是不断地重复着尝试。

为了某种过去留下的遗憾，人们无意识地、奇妙地制造意义上类似的情境，内心期望这次可以做对，以弥补或抵消之前的痛苦。在重复的尝试中，以为可以制造新的机会，这次，对方不会像以前那个人那样伤害我；这次，我可以反转以前的挫折感、无力感、罪恶感。

但事实是我们只会在重复中得到相同的结果。

想要拥有幸福的个性，必须先停止无谓的挣扎，从创伤的反应模式中逃脱。

这不是伴侣能替我们解决的事，而是我们自己成为一个健康的伴侣之前，需要努力学习的功课。

男人喜欢笨女人吗？
——聪明的选择

如果笨和无能就可以得到男人疼爱，为什么满大街都是为爱受过伤的女人呢？

常常听到对夫妻关系不满意的女性说：“我就是太能干了，才会做得灰头土脸又得不到感激。”她们可以轻易举出好几个对照的女人——完全称不上能干，甚至是无能、愚笨或懒惰的，却能得到好男人对她呵护备至。

接着，一个耳熟能详的假设上场：“男人就是喜欢柔弱的女生，什么都不懂、没大脑或不用脑、需要他的保护，笨女人能给男人成就感，让男人心甘情愿地把她捧在手心，为她做牛做马。”

这个假设得人心的程度超乎我的想象。许多女性朋友在感情受挫时，得不到男人关爱而觉得疲倦时，就一边生气一边这样想：“可惜我不能笨一点。”还有人真心地恳求：“请教我如何变笨！”

“结婚至今他的工作都不稳定，都是我在赚钱。每天工作到七八点，我回到家还要处理小孩一团乱的情况。他什么都不做就算了，还常不高兴，说我是女王。”“我有个初中同学，连饭都不会煮，小孩测验怎么考她也完全弄不清楚。上天就会给这种女人一个负责任的好男人，她老公上班前、下班后都会接送小孩，连她闲着时去学瑜伽或逛街也会接送。”

如果笨和无能就可以得到男人疼爱，为什么满大街都是为爱受过伤的女人呢?

聪明女人得不到幸福?

从我长年做情感咨询的经验中，我发现抱持这种想法的女性在男人眼中往往不是能干或聪明，而是“自以为很能干、很聪明”。

这样说很残酷，但是是事实。

有位太太不断地抱怨“男人只喜欢没用的女人”，哀叹什么事都是她自己做，先生从不帮忙，也从未呵护她。她的先生静静听着，默不作声。太太越说越气，坚持要他回答“男人为什么会这么贱”。

先生闭口不语，太太音调更加激烈。如此持续轰炸一小时后，先生终于站了起来，激动地说：“首先，我不是不想回答你，而是不管我说什么，从来不会是你想要的答案。只要我的答案跟你想的不一样，你就会更生气！第二，你不用问我男人怎么想，因为在你面前，我只是一个有问题的男人而不是男人。第三，对于女人，‘有能’好还是‘无能’好，我没什么感觉。我能感觉到的是一个女人喜不喜欢我。我只想要一个喜欢我的女人！”

除了少数自尊心或人格有问题的，一般男性并不会因为女人能干就对她不好，也不会只因为女人笨就对她好。

“男人喜欢笨女人”，这种想法只会让女人变笨，本来得不到的幸福仍然不会因此从天而降。真正的问题在于，人无法对轻视自己的人产生亲密感，男人女人都是如此。如果与不负责任或能力比自己差太多的男人在一起，女人不得不自立自强，变得越来越能干，除非经常提醒自己，否则很容易因为无法欣赏身边的男人，或是过于辛苦疲累，而失去作为伴侣应该具备的温柔。

如果跟负责而细心的男人在一起，无论怎样的女人都能感觉舒适而放松，看起来就像是无为且无能。所以，并不是变笨就能得到男人疼爱，而是要挑对男人才能清闲装傻。

女人需要的不是变笨，而是在挑选伴侣时更聪明。

关系还是平凡好
——无事就是福

通过拥有的人、东西、关系来确认自己的价值，如果失去那些东西，就会怀疑自己的价值。

以下是两个女人的对话。

“你想做一个平凡的人，还是一个特别的人？”

“什么是平凡？”

“长相平凡，打扮平凡，学历平凡，成就平凡，恋爱平凡，家庭平凡，生活平凡，思考平凡……”

“天哪，不要再说了，这种人生值得追求吗？”

“那你想要什么样的特别的人生？”

“特别的感觉，特别的爱情，特别的职位……也不用太特别啦！希望比一般人生有趣一点，比一般恋爱激情一点，比一般朝九晚五的工作多赚一点，老公浪漫一点，孩子的话，希望比我姐的小孩聪明一点……喂！你现在心里是不是在想 ‘这个人好贪心’？算了，随便你怎么想，这些难道有人不想要吗？我只是比较诚实，愿意承认而已。”

“我并没有觉得你很贪心，我也一直在追求这些东西。只是我发现，说到特别，我们所想的都是‘从外面获得某些东西’。例如你说的，爱情、工作、老公、孩子，好像是想得到一些特别的东西，可是，我们一开始的问题是‘做个特别的人’，不太一样吧？”

“有差别吗？如果你是一个够特别的人，我是指正向的特别，也就是够好的人，就能拥有这些更好的事情吧？”

“是吗？那么，如果没办法得到这些好东西，就代表我不够特别、不够好吗？或者，只要得到这些东西，就代表我是一个特别好的人吗？”

“我不知道。不过，我跟上一个男友要分没分时，大概就是被这个卡住了！他做出那种事，是不是因为我不够好？个性不够好？床上功夫不够好？还是不懂得保持新鲜感？或者我的工作太平庸，比不过那个八面玲珑搞营销的女人？”

“我就是在想这个。遇到这种事的时候，我们一直挣扎，令我们痛苦不堪的心结到底是什么？通过拥有的人、东西、关系来确认自己的价值，如果失去那些东西，就会怀疑自己的价值，我有几分重、有几分好，或者根本是个随时可替换的普通人？”

“当然会怀疑自己啊！有几个人像我这么倒霉过，我相信他要跟我结婚，为了他我辞掉工作，搬到山上去陪他中风的妈妈……结果有一天，我弟带我妈来看我，在山间小路转半天找不到路，弟弟尿急，找了一个树丛想停车，竟然就看到我的车在附近。我妈撑着伞高兴地跑来敲车门，结果里面是我男朋友跟一个女人在那个！”

“他开你的车还那个！太大胆了吧？我没听过你说这事，好像电影桥段啊！”

“就是啊，这种经验也算是一种‘特别’吧？如果是这种特别，人生还是平凡点好。我可以改答案吗？”

“呵呵，你看，平凡还是不错的吧？”

“咦，不对啊！你这种人最近为什么会开始想‘平凡’？该不会是你老公也怎样了吧？”

“不是啦，其实是我喜欢上一个男人，我老公不知道……有时候心里很乱……”

“什么！别闹了，你不是一向特别聪明吗？怎么会……阿弥陀佛，是好朋友才愿意劝你啦，你最好还是平凡一点！”

许多人抱怨婚姻生活平淡无奇，但真正遇过婚姻波澜的人，最后希冀的却是珍贵的平淡。

伴侣之间，需要互相帮助，学习面对稳定中必然的平淡感，从日常生活中感受幸福。

爱自己才能爱你
——不做你的负担

当各种需求发生冲突的时候，该满足哪一个？如何诚实看待自己的每一部分，包括自己不喜欢的部分？

有位事业有成的女老板在聚会中听闻年轻一代讨论“如何爱自己”时，觉得非常惊讶。“人生，不就是把排山倒海而来的任务一件一件完成、一样一样克服吗？爱自己，就是做好自己在意的事、实现自己的能力吧！”有人说，爱自己是好好照顾自己。有人说，是做自己喜欢的事，不过度勉强自己，该放下就放下，不要事事求完美，不要为别人无止境地付出与牺牲。

爱自己并不是一件简单的事，“自己”恐怕是所有人当中最不容易照顾的。当各种需求发生冲突的时候，该满足哪一个？如何诚实看待自己的每一部分，包括自己不喜欢的部分？许多人把所有的力气都用在照顾家人、孩子，或投入工作，除了责任感之外，往往还有一个潜在的原因——不知道如何与自己相处。

用对方法爱自己

开始学习爱自己，如果不知道该做些什么，不妨以小时候耳熟能详的教育理念检视自己的生活——不要太惊讶啊！就是“德、智、体、群、美”。

德：荣格学派心理学家约翰·毕比（John Beebe）认为“德”的真意是“人格的完整”（integrity）。爱自己的人必须看清自己的各种需求，忠于信念，经常检视自己“相信什么”与“不相信什么”，“什么值得珍惜”或“什么不值得追求”。不做自己不甘愿或不喜欢的事，就不会认为所做的事是为了别人，如此可以免予烦躁怨怼的情绪，经常感到自在，对人也能宽容温和，才能安心爱自己。

智：不断追求成长，进修有兴趣的项目。阅读各领域的好书，听演讲，参加课程，记录与剖析自己的思绪，拓展人生观的深度与广度。这是爱自己的智慧。

体：每天有足够的运动，遵行有益健康的饮食原则。注重空气、水质，以及各种居住环境的元素。例如抽出时间采买质量良

好的食材，自行烹调而减少去外面吃饭，学会观察身体的信号，修复紊乱的身体和心灵。身体累了就该休息，心累了就该疏解。这是爱自己的健康。

群：投入足够的心力与时间维系人际关系，定期与朋友见面，并且定期参与能够结识新朋友的活动。可能的话，让自己属于某个团体，例如某种才艺团体、学习团体或爱好团体。团体中的身份认同和互动能够平衡家庭或工作中的身份角色，让人格更加成熟。

美：接触美感的事物，欣赏或创作艺术。仔细观察自己，发掘自己的美丽，并且展现出来。不只是外表的美，还有内在的美。

爱自己就是认真看待自己在上述各方面的需求。在行程发生冲突的时候，仍然重视自己需要的养分与照顾，而不是永远为了他人、工作而忽略自己。

冻龄美人的背后……

我曾在健身房遇到一位年近五十的女演员，她虽然只是化着淡妆，穿着朴素的运动服，但走动时显现的纤细腰线、完美的臀部和修长的美腿，还是令人十分惊艳。

我们小时候就耳熟能详的女明星，现在当然都是中年或老年妇女了。有些人看起来的确老了，由娴静优雅取代当年的青春美丽；有些人却堪称不老妖姬，以惊人的魅力继续活跃，为同样也在变老的粉丝树立抗衰的标杆。

不过，“年纪大也可以身材很好”这种让人感觉安心的话，其实有不为人知之处，需要相当的毅力和正确的知识才能做到。所谓“冻容美女”比较简单，不惜血本地运用医疗科技就可以除皱、丰颊、美白、拉提、去斑等等，但如果要在五十岁时仍然全身紧实、肌型优美，并且体力充沛，就不是随随便便可以拥有的。这种成就无法只靠花钱换得，光是节食也不够。年轻女孩节食清瘦，看起来或许很漂亮，但中年女性瘦了就会皮松肉垮。事实是，要靠自己持之以恒的锻炼，不能偷懒、不能怕无聊、不能怕辛苦，也不能情绪化。像年过半百的麦当娜，借着健身和瑜伽维持完美的体形，有人说她已经变成健身狂了！不断挑战更强的肌肉锻炼与体力锻炼，坚持特殊比例的饮食……甚至到了一般人难以想象的程度。

一个人如何对待自己的身体与人的个性有关。运动员和女明星健身可能是职业所需，比赛和工作的回馈可以为她们提供动力，帮助她们对抗辛苦。但一般人能不能克服偷懒的习性，每天耗费数小时完成一套训练，就要看意志力了。初期的酸痛与挫折感并不容易突破，后续还考验着人的意志力，不管心情如何，发生任何事都要健身，就像每天要吃饭和如厕一样。能够做到这样的人，意志力比一般人强。所以许多事业成功的男女老板不练则已，一旦健身，他们也会比别人更有毅力，也更严格。

年轻女孩的曼妙身材是天生的、青春无邪的，不带有任何威胁，与力量无关。成熟女人的完美比例却是坚强意志和自控力的产物，能到这个阶段，也就不再是会被男人和感情控制的柔弱动物了。因此，那些只看到外表，以为能把火辣身材的熟女当作年轻女孩一样对待的男人，恐怕会犯很大的错误。在健身房里，肌肉就是力量，爱情只是用来挑战自我的哑铃。

从年轻时就开始携手的伴侣，能不能同步成长？走入中年，如果一方在身心方面都发展出完备的能力，而另一方仍找不到自我的重心、解不开生活哲学……如何能愉快地白首偕老？

为了不成为伴侣的负担，年纪愈大，愈要好好爱自己！

无止境的机会

——有疆界的空间才是包容

要走要留，他做的都像是让女人自己决定。结果两个女人都忍气吞声，感觉被他漠视与忽略，气得想离开时，却总觉得哪里怪怪的……

希望别人给你机会吗？

都说有机会是好事，但机会明明也有不好的。小时候玩的大富翁不就是如此？记得骰子一丢，发现自己走到“机会”时，又期待又怕受伤的紧张心情吗？机会卡一翻，有可能进财得利，但也可能倒霉到倾家荡产。

有一个男人脚踏两条船，犯了“并非所有男人都会犯的错”。被两个女人逼得烦了，生性没什么责任感的他决定双手一摊，不再过整天安抚女人和编造借口的辛苦日子。首先，他告诉争吵不休的女友：“好吧，下个月等我太太从美国回来，我会告诉她一切，然后搬出来。这样你可以相信我了吧？”女友又惊又喜，感动得大哭大叫，把他当成皇帝一般伺候了一个月。

接着，他果真向太太吐露偷腥的详情，一五一十，不过并没有提到要搬出去或离婚，而是面色凝重地说：“我做了这种事，没有资格期待你的原谅。”太太深受打击，痛苦得大哭大叫。问他想要哪一边，他说他不知道。太太愤怒指责或哀伤不语，他都保持沉默，最多只说：“对不起，我是个烂人。”他没有积极重修旧好的热情，却也没有离家的行动。太太心想，如果继续争

吵，好像自己才是杀死婚姻的凶手。结果太太比以前更温柔地对待他，希望唤醒他对于婚姻的热情，她对他说："我决定再给你也给我们一次机会！"

机会最多给几次?

确定太太知道他的可怕行为但并不会把他踢出家门之后，他顿时高枕无忧了。即便女友来找太太，也无料可爆了。殷殷企盼并且每天都在找房子的女友等不到消息，追来询问，他简单扼要地回答："我以为我太太一定会气炸，把我赶出家门。结果她竟然没有。没有她的拒绝作为最后的推手，我无法如此残忍地终结多年的婚姻。我只能说我算错了。这不是你想要的结果，但事情就是这样了。"他没说要跟女友分手，但也不像以前那样殷勤，只是偶尔发发短信说想她、爱她。

当女友试图厘清"我们现在是什么关系"时，他保持沉默，最多只说："对不起，我放弃了我们一起生活的美好梦想，我是个笨蛋。"稍加施压，他就说："我们果然是不可能的。"最后女友说："好吧，我不会再逼你了，我给你也给我们最后一次机会：我会接受你的一切状况，只要你说要我留下就好。"他说：

“我无法想象不离婚的我可以给你什么，所以我不能开口请你留下。如果你想为自己寻求其他更幸福的机会，我也不会抱怨。”

要走要留，他做的都像是让女人自己决定。结果两个女人都忍气吞声，感觉被他漠视与忽略，气得想离开时，却总觉得哪里怪怪的——事情怎么会变成这样？无情地抛弃感情的人，好像是自己而不是他？如果这么走开，他不会挽留，连道歉都不必说，因为他没有抛弃女人，是女人自己要走的啊！

无望的戏码，每个人都在给机会，结果却耗费了人大半辈子。

真正在乎的人和事物，有一次机会就会紧紧抓住。就算看不到机会，也会拼命求取，不是吗？如果自己一直在给同一个人机会，会不会那个人根本就不在乎？

伴侣之间，当然需要包容与空间。

但是，没有疆界的空间，已经不算是空间，也不算是包容。

如果失去自己、失去原则，伴侣之间就会失去联结的力量。

One Hundred Love Sonnets: ⅩⅩ

Pablo Neruda

Mi fea, eres una castaña despeinada,
mi bella, eres hermosa como el viento,
mi fea, de tu boca se pueden hacer dos,
mi bella, son tus besos frescos como sandías.

Mi fea, dónde están escondidos tus senos?
Son mínimos como dos copas de trigo.
Me gustaría verte dos lunas en el pecho:
las gigantescas torres de tu soberanía.

Mi fea, el mar no tiene tus uñas en su tienda,
mi bella, flor a flor, estrella por estrella,
ola por ola, amor, he contado tu cuerpo：

mi fea, te amo por tu cintura de oro,
mi bella, te amo por una arruga en tu frente,
amor, te amo por clara y por oscura.

一百首爱的十四行诗：二十

聂鲁达 著　陈黎　张芬龄 译

我的丑人儿，你是一粒肮脏的栗子，
我的美人儿，你漂亮如风，
我的丑人儿，你的嘴巴大得可以当两个，
我的美人儿，你的吻新鲜如西瓜。

我的丑人儿，你把胸部藏到哪里去了？
它们干瘦如两杯麦粒。
我更愿意见到两个月亮横在你的胸前，
两座巨大的骄傲的塔。

我的丑人儿，海里也没有像你脚指甲那样的东西，
我的美人儿，我一朵一朵花，一颗一颗星，
一道一道浪地为你的身体，亲爱的，编了目录。

我的丑人儿，我爱你，爱你金黄的腰，
我的美人儿，我爱你，爱你额上的皱纹，
爱人啊，我爱你，爱你的清澈，也爱你的阴暗。

Ⅱ

/ 一起面对的真实世界 /

有一位小姐，每天都搭同一路公交车。

有一位男士，每天也搭这一路公交车。

小姐总是带着伞。阴天是雨伞，晴天是太阳伞。每次上了车，她便把伞柄钩在前面的椅背上，从包包里取出书本读着。她读得入神，总是到下车前的最后一刻，才慌慌张张地把书合上，站起来下车。

有一天，她又这么赶着下车，忘了拿伞就往前门跑，男士抓起伞追上她，柔声说："小姐，喏，你的伞……"

之后，他们每天一起搭车，并肩坐着。小姐不看书了，两人总是有说有笑地聊着。

过了一段时间，他们手上出现了婚戒。

渐渐地，他们并肩坐着的时候，交谈的次数愈来愈少。小姐又开始在车上读书了。

有一天，快到站了，小姐没有察觉，继续看着书。男士用手肘推推她，她哦了一声，站起来往车门走。男士跟在后面，不耐烦地喊："怎么搞的，你又忘记拿伞了！"

这是好久好久以前，不知道从哪里听来的故事。那时候我还是个年轻学生，还没有谈过恋爱，更无法想象婚姻是怎么回事。可是，不知怎的，这个故事碰撞着心中的什么，使我一直记着。

◎所有伴侣关系之中最重要的能力：跳出自己的位置，眼中不再只看到对方在关系中做了什么，还要能看到自己在关系中做了什么，以及两个人之间互相影响的动力。

◎一个成熟的人会爱上一个成熟的人，一个不成熟的人会爱上一个不成熟的人。

◎一切的一切，从“我”这个主词延伸所及的，有生命的与无生命的、真实存在或纯幻想的、概念的及感官的，都躁动着，渴望经由你的认识而重新活化。

◎羡慕一种“给予爱”的能力，不嫉妒“获得爱”的幸运。

◎是的，爱不需要比较。但是，爱需要自觉。

◎不论相聚的缘分长短，只要两人共同创造的是爱与温
暖，感情就会在心中不朽。

◎一个人的个性不会突然形成，也不会突然改变。只有当伴侣愿意互相协助，深入探索彼此的成长经历，理解两人之间的配对模式，才能逐渐超越关系的障碍。

◎伴侣之间，需要互相帮助，学习面对稳定中必然的平淡感，从日常生活中感受幸福。

◎婚姻不是许诺梦幻之地，而是真实的人生。

◎人们说她拥有最终能够幸福的个性。

◎与互补性质的伴侣相处，是潜意识自我寻求性格成熟平衡的一个秘密选择。相信自己与伴侣的结合是为了某个成长任务，可以帮助我们珍惜彼此，摆脱厌恶、懊悔和攻击，转为互相协助学习的关系。

或许是一种淡淡的无奈吧。

“婚姻一定是爱情的坟墓吗？”

“热情总是会消退的。”他们说。

长大的我们都说懂得，这是常理。但私底下仍然偷偷期待，甚至发誓，我的爱情要与众不同，永远保鲜不褪色。

婚姻有其生命周期，任何一段关系都是如此。初识而坠入爱河时，将彼此理想化，把自己的梦想投射在对方身上，以为完美爱侣终于出现，逐渐深入了解后，知道对方的真实面貌，幻想破灭，然后，我们必须重新学习如何与真实的对方相处。

几乎所有的婚姻关系研究都显示，一段亲密关系不可能是不断前进的，它必定也有停滞甚至倒退的阶段。

伴侣们如何在迷宫般的现实生活中相守，需要爱，需要智慧，更需要面对各种挑战的勇气！

Chapter 3

梦幻之外的日常点滴

关于热情——保温，还是再沸腾?

关于中年——分歧，还是一起成长?

资深伴侣——“还想要”还是“受够了”?

关于热情
——保温，还是再沸腾？

本来以为伴侣无条件地喜爱着我们，后来逐渐发现，对方在某些时候，也会讨厌我们的某些个性、某些想法、某些习惯，有时还会讨厌到不想理我们，其实，我们对伴侣又何尝不是如此？

幻想投射的消解——真实的认识

幻想消解，才能开始与真实的彼此相处，这是关系的初生期。接着，这段关系会像小孩一样慢慢长大，伴侣双方无可避免地将发生碰撞。为了维护自我的完整，彼此都会强调“我的领域”与“我的需要”，争执也就开始了，“我不想老是配合你。”“你应该多配合我。”“为什么我要为你牺牲，而不是你为我牺牲？”这是关系的少年期，在权力上拉锯，为自己定位。每一对伴侣，根据个性特质的组合，将发展出一套相处的模式，有些是相安无事，有些是危险平衡，只有少数是双方都满意得不得了。

再过一段时间，关系有可能进入另一个阶段，类似人生迟滞的中年期，伴侣各自也正面对着个人生涯的中年危机。中年迟滞期过后，逐步迈入关系的老年期，老年期的特征是，双方的一切都已经非常熟悉而稳定，关系中可能没有新鲜的元素，这时期如果要有生命力，依赖双方能否在旧有元素上衍生新的意义。如果一段关系能够在此阶段达到成熟，在彼此之间建立一种永恒的价值，伴侣将能正确面对死亡或分离的终极恐惧。就好像一个人到了老年，需要确认此生的价值，然后才能坦然、安然地迎接生命的终点。

但并非每段关系都可以这样顺利地成熟，有些走到某个阶段或关卡就停住了，有些停滞很久，完全看不见重新启动的迹象。

当亲密关系陷入某种僵局，失望、消极或抱怨都是无用的，我们必须像理解生命一般，理解“关系”本身也有生命，也有阶段。应当愿意与伴侣合作，开放地检讨与思考，也愿意将此视为自身的课题，而不是一味地指责对方，或是轻言放弃，宣判关系的死亡。

“心意”相处与“形式”相处

处于不同的人生阶段，需要借助不同的事物以获得满足感。以浪漫而言，有些人非常需要这种感觉，不只是女性，男性也渴望浪漫。重要的是，经营关系的时候，是把自己还是对方的喜好作为出发点，多从对方的喜好去思考，比较可能找出双方都愉快的模式。

夫或妻在婚姻出问题时往往百思不得其解：“我一直以为我们的关系很好，另一半通常会配合我的要求，每天牵手散步，每天饭后聊天，每季出去旅行……为什么这样还会出问题？”其实，这些行为对亲密关系可以非常有益，也可以只是形式。试想，如果您正处于职场的高压期，与同事之间激烈的竞争让您恨不能有更多时间用以冲业绩、进修、赶工、思考，另一半却只知坚持“要有更多谈心时间”“周末是家庭时间，绝对不可以工作”，这样，您会有什么感受？

真正让人产生亲密感的，是自己的目标能被了解、被支持，像这样的时期，死守着“要花时间相处”的形式，并不能提升相处的质量，还不如一起讨论该如何弹性调整常规，帮助伴侣达到目标。

123
一起面对的真实世界

表面上做的事，如果不能贴近对方现下的需求，彼此的心如果没有沟通、没有追随依附，任何“模范夫妻的生活形式”都无法维护爱情与婚姻。

当然，我们需要找到一个巧妙的平衡点，如果完全不用心相处，每天各自忙于自己的工作，关系也会淡化。这里所强调的，是用“心意”相处，互相满足，而不是用“形式”相处。

又如，温柔是什么？有人认为自己总是低声下气，曲意迎合，像用人一样地服侍伴侣，应该没有人比我更温柔了，但为什么另一半不这么认为？

温柔，是人们在脆弱时最渴望回归的地方。不论男性或女性，期待的温柔是“随时愿意听我说”“愿意了解我的想法和需要”，这样的温柔必定让人依恋。但是，如果不以了解对方为基础，一厢情愿地用自己的方式提供照顾，只会让人透不过气，真正的需求反而被掩盖，无法被看见。这并不是温柔，不会让人依恋，还可能使人本能地想逃避。

彼此渴望的核心特质

选择伴侣的时候，我们都希望自己是对方由衷喜爱的人，如果将彼此系紧的是人格中本质性的部分，那么这样的联系是一种依存需求。深层需求的联系是所有关系之中最难割舍的一种，两个人的生命主题互相呼应，不管外在环境怎么改变，还是会执着于彼此。

如何知道伴侣是不是与自己深层呼应的人？我们必须先深入探索自己，了解自己拥有什么、不拥有什么。有时候，他人会将某种幻想与期待投在我们身上。例如，有人明知自己性格独立，某天出现了一位追求者，狂喜地说："你是我梦寐以求的女子！你如此柔弱，我要好好照顾你！"这时候，该怎么做？冷静地让他知道他弄错了，把幻想投在我身上了，还是沾沾自喜地接下脚本，顺理成章地收下爱，愈演愈柔弱？

这样的误解关系能够支撑多久？当真正的性格从内心发出抗议，驱使人回归本性，两人就得面对惊讶与失望。之后，重新开始相处——收回自己强加于对方的幻想，改变忽略真我而交换爱情的不诚实态度，开始发展真正的关系。

爱情开始时的兴奋状态，不可能永远维持。一段长久关系的意义，在于伴侣如何协同合作，将最初的激情转化并深化为生命交织的部分。

爱情能不能保鲜?

在广播节目《发现心关系》中，我曾经邀请听众分享对于“爱情保鲜”这件事的看法，您同意“爱情保鲜”这种观念吗?还是，您认为不能这样思考爱情?保鲜的爱情是什么模样?可能吗?该如何做?

电话线立刻被占满了。拨进来的听众朋友，大多是伴侣关系或婚龄长久的：

“沟通和包容是爱情保鲜的方法!伴侣中，常有一方需要退让，我们可以借由某种信仰的智慧，让自己更能包容、沟通。”（梁小姐)

“爱情可以保鲜，但不该勉强。夫妻可以多制造浪漫的机会，因为人是健忘的。至于，如果有新的心仪对象，在心里默默享受新的感觉吧，爱情是短暂的，只要继续靠着智慧和理性经营原来的爱情，那么原来的关系就会继续茁壮成长，短暂的爱情火花一下就过去了。”（陈小姐)

“信仰之外，还需要接纳的能力，我们可以上心灵成长的课程，学习了解伴侣的心态，知道行为情绪背后的原因。认识他，

接纳他。”（邓小姐）

“我相信可以保鲜，和男友相处八九年了，常和男友讨论这个问题，结论是：在一起，就要珍惜这份感情，不会因为外在的诱惑而改变。但也抱持着不一定会永远走下去的心态，所以每天都珍惜彼此还在身边的时间。另外，一定要常沟通，才不会累积压力。”（CC）

“我觉得可以保鲜，对男人来说，聪明的女生可以有很多方法保持青春，但我觉得更重要的是要知道另一半喜欢什么，能给他需要的东西。我结婚超过15年！”（刘先生）

“我不喜欢用保鲜这样的字眼。我和先生结婚26年。我喜欢感情稳定，偶尔制造浪漫当然不错，但那应该是自然的，而不是为了交作业，我不认同只有太太要取悦先生，感情应该相互维护，男人也要想办法制造惊喜。经济稳定、有共同的话题、愿意把心事告诉对方，是婚姻关系好的秘诀。”（翁小姐）

“个人应该先思考到底自己对爱情的定义是什么，是在一起就好，还是要有怦然心动的感觉？若要维持长久，一开始选的人就该是对的人，选可以满足你心理需要的那个人，对方可以源源不绝地散发一种你要的东西。认识自己，并且坚持选择本质上的喜爱，才会有怦然心动的爱情。”（叶小姐）

大部分的人还是相信，爱情只要用心经营，就可以历久弥新。这正是一个基本的、必要的态度，如果不相信爱情需要经营，就不可能学会如何去经营。

维系感情的正向原则

1. 活泼的创造力

跟一个人朝夕相处多年，如何不生腻？这个问题的奥妙之处在于主体，在于这“一个人”。一个人的生命如果具有创造力，每天都会有新鲜事，不像同一个杯子、同一件衣服，一成不变。我们如果真的每天用同一个杯子、穿同一件衣服，当然会感觉麻木，因为物品不会成长、不会变化。然而，如果是一个每天充实自己、经常有新的想法、尝试新鲜趣味的人，不要说每天，其实每一分钟都有新的元素被创造！与这样的人相处，就像每天都有一位小小翻新，但也延续着昨日基础的伴侣。如果双方能够分享每天的新事物，伴侣关系将是活泼动人的，相处时间愈长，两人共同的记忆也就愈加精彩。

相反，如果缺乏成长动力，真的每天都是完全不变的“同一个人”，那么相处时间久了，难免感觉到空虚、重复与死寂。

个人的成长是经营富于创造力的关系所不可或缺的。如果伴侣能一起学习某些事物，也会很有帮助！

我曾在电视节目中举了一个例子，关系就像一本书，吸引人继续看下去的原因，一是阅读至此的过程让人觉得有意思，二是不确定结局。节目上，大家笑谈，如果在脱掉情人上衣之前，就完全知道她下一步会如何反应，例如，接着自己脱裙子，然后每一个步骤都可以预期，那不就像只有一套程序的机器人吗？比起

交往初期，那种不太确定“解开第一颗纽扣之后，是会被打一巴掌，还是有机会顺势而下”的焦虑与兴奋，对只有一套程序的机器人，我们能有多少热情呢？

当时，参与节目的一位男性来宾幽默地说：“难道我们结婚十年的，还不能确定脱老婆上衣会不会被她打？”

这当然是太夸张了，不过，仔细想想，当您完全可以百分之百精准预测老婆接下来的反应，而那反应总是“小心我衣服勾纱！”或者“啊！头发！头发啦！”时，你是不是很难有热情了呢？

2. 回应的热忱

试着回想，刚开始跟一个人感觉甜蜜暧昧的时候，是什么滋味？

那是一方抛出某个信号，另一方立刻用心接住，揣摩再三后，用一种想博得好感的方式抛回来，如此有去有回、往复无间的游戏般的快乐。

然而，婚姻生活过久了之后，许多人注重的是本分和细节，生活中所有的事情都照顾得很好，却无暇玩抛接游戏。例如，全心投入工作的丈夫或妻子，当然是为了两个人共同的生活而努力，但如果疏忽了互动，另一方只会认为“你做这些又不是特别为了我”。如此，伴侣之间的热情会逐渐冷却。虽然看起来像是模范父母或模范夫妻，如果没有响应彼此的热忱，没有“我可以影响你”的感觉，原有的情感联结就容易松弛。

周末时，夫妻一起出门，带着孩子和老人，夫妻的确分工合力地打点着各种细节，例如照顾乱跑的孩子、捡起掉落的东西等，却少有直接照顾彼此的表现。先生在前面走着，妻子牵着小孩在后面，先生一路都在观察四周的车子、马路、别的小孩、狗狗等，不断地提醒：“小心！小心！”一路上只听见他跟老婆说“小心”。时不时地，小孩发现一朵可爱的花儿或是一只小动物，太太就喊老公一起来看，可是先生的反应是：“快点！要红灯了！”或是“车子快来了！”

这样久了，妻子虽然深知先生很负责、可靠、爱家，但彼此之间失去了互动，激情或热情会慢慢淡化，甚至不知何时便消失了。

每个人对于如何爱人都有自己的习惯，需要自我觉察。在我们的文化中，多数女性从小被灌输的爱家方式是准备三餐，注意家人的卫生、营养，帮老公烫衣服、搭配领带，把他弄得很整洁，照顾老人……可是当老公想聊一句当天看到的新闻时，太太可能更在意“米冷了不好吃，快点吃饭”，不消几次，老公就不再尝试分享他的见闻了。

能够产生热情火花的互动，是没有固定章法的。任何贴心的举动，诸如每天送早餐、接送上下班、生日送花……一旦变成公式，就会失去感觉。

热情是“随时注意着你的信号”，愿意不嫌麻烦地满足彼此。

关于中年
——分歧，还是一起成长?

自我成长往往不是突然的改变，而是点滴累积的，如果一再疏忽伴侣间的互动，两人会渐行渐远，差距会愈来愈大，最终将形成鸿沟裂隙!

跟上另一半的脚步

当伴侣双方都到达中年，四五十岁的阶段，事业、生活习惯、思考模式、人生方向与成熟度，都渐趋稳定。此时自然会重新审视伴侣关系。不少人赫然发现“我现在要的东西，另一半并不具备”，或者，惊觉彼此的目标分歧、价值观不同，以前需要另一半的原因如今不复存在……因此进入婚姻的考验期。例如，妻子到了中年，突然觉得她只想要一个会陪她散步的男人，但她的丈夫整日埋头工作，以前她因为先生的成就与收入而满足，现在却觉得这些一点都不稀奇。

遇到考验，伴侣必须一起调适。若有一方想改变，另外一方抗拒或跟不上，心灵的距离就会拉大。我们必须谨记：伴侣是一个活生生的人，每天与环境的各种刺激互动，每天都可能有所改变，因此不该一味依赖过去的了解做出反应，不该预设“你以前都希望这样，以后一定也是”。

我们必须随时将对方视为一个全新的人，用心观察。每天都要想想：“今天这个人醒来会不会有新的想法？”时常与伴侣对话，了解他的喜好是否有所改变、个性是否有所转变。这是很多夫妻容易忽略的地方。自我成长往往不是突然的改变，而是点滴累积的，如果一再疏忽伴侣间的互动，两人会渐行渐远，差距会

愈来愈大，最终将形成鸿沟裂隙，终有一天你会发现你们再也不可能同步了！

另外一个常见的困扰是伴侣之间要能“既往不咎”！

一位太太说，自己原本是浪漫细腻的人，婚后为了配合先生，不得不变成一个务实的人。过了十几年，有天先生竟然说：“你很无趣！我们的生活不够浪漫！”

太太大受打击，也非常愤怒：“我早说过浪漫很重要，是你说浪漫不切实际，要我专注在家务和孩子身上。现在我要去哪里找浪漫给你？”

此时，如果固执记仇，因为过去对方不满足自己的期望，现在也不肯满足对方的期望，那么婚姻就出现危机了。唯有既往不咎，面对当下的问题，两人一起调整，婚姻关系才能长久。伴侣一方处于中年危机，突发奇想想要尝试新事物时，另一半与其阻止对方，不如试着与他一起探索，或许自己也会开发出新的兴趣。

别把自己的任务丢给对方

人到中年阶段，需要面对许多跟从前不同的任务，诸如事业的瓶颈、个人成就的焦虑、成长期孩子带来的挑战，还有父母年迈体衰而衍生的照顾责任。

当伴侣中一方的生活任务在增加，家庭责任的分配也随之受到挑战。无法觉察自我需求的人，经常直接把任务转移到伴侣身上。为了保证自己的时间和精力，或是因为处理不了麻烦，就把责任直接丢给另一半，让对方替自己解决麻烦。有时另一半也顺从地把一切扛下来，表面上没有问题，但一而再再而三地这样做，总有一天他（她）会因积怨而爆发。

原本有着愉快生活模式的夫妻，迈入中年时，发现长辈身体开始出现状况，身为儿子的先生觉得应该多陪陪爸妈，但他年少时就离家，跟父母相处时总不知该聊些什么。于是，每个周末，他都要求太太带着孩子跟自己去拜访父母，期望以天伦之乐回馈父母，自己也才能问心无愧。

这对于妻子却是一大考验。早已习惯不常回婆家的婚姻生活，为什么要在迈入中年时改变？辛苦了大半辈子，此时更想为自己而活！况且，妻子心里也正在为无法多陪伴自己的父母而焦虑，因此无法泰然地把时间花在公婆家中。

许多夫妻会在这个阶段发生严重的冲突。伴侣之间的互助奠基于互信，进入中年的先生希望多陪爸妈，此时的太太却更重视有自己的时间与空间。双方务必了解对方的焦虑，别把自己的需求强加在对方身上。需要经过开诚布公的讨论，找出互相配合的方法。

例如，把时间安排的顺序列张表，包括工作、父母、休闲、亲子、夫妻等内容。两人一起回顾，目前的顺序跟过去有什么差别？新的需求是如何产生的？是不是都能同意、接纳这些需求，愿意帮助彼此达成？在冲突的事项上，以请求帮忙的态度，诚恳地拜托伴侣，而不是强硬地要求对方按照自己的顺序做事。如果伴侣愿意帮忙，自己应该主动提供在其他事项上的回馈，寻找让双方都感觉被尊重的合作途径。

合作重要，还是公平重要?

夫妻一同经营家庭，琐事多得无法细数。需不需要讲究公平？

例如，每天都要洗的碗，怎样分配才算“公平”？

“在厨房墙上贴一张统计表，碗、奶瓶、马克杯、大盘小盘分好类，统统列在表上，规定夫妻轮流，每天要洗几个碗盘，这样就公平了吧？”

“不！碗可能一天比较不油，另一天比较油；大人吃的碗盘比较油，小孩的比较不油……光计算数量可能不够公平。”

如果用这种态度检视，亲密生活的伴侣之间绝对不可能有公平的。

什么是公平？平行线最公平了——凡事都讲究公平的伴侣关系，可能也意味着两人的生活没有交集。太讲究公平的夫妻，若不是冲突很多、摩擦怨恨很多，就是不亲近、相敬如“冰”，只有这样才能避免纠纷。

既然生活要紧密联系在一起，那么就没有绝对的公平。能够感觉公平又能维持良好关系的伴侣，对于公平一定会有一套妥协的智慧，原则不会是死板的，而是有弹性的。

先生是“空中飞人”，到处出差，一直在面对时差问题与工作压力；太太一个人在家里照顾两个小孩，疲惫不堪。

老公觉得自己出差真累，老婆觉得照顾小孩最累。两个人都很累，这样不是很公平吗？但双方都认为不公平！

这对夫妻的问题是没有办法体会对方的疲惫，而且两人都不喜欢自己的角色。出差的人不喜欢出差，照顾小孩的人不喜欢照顾小孩。这时候就该回过头来，给自己也给对方一个机会，夫妻重新讨论：其实我没有那么喜欢照顾小孩，其实我讨厌出差……

思考如何改变这种两个人都不满意的人生。就算无法立刻改变，也可以拟订一个计划，预计在数年内慢慢调整。

可以尝试的方法有很多，诸如，要是太太觉得带小孩压力大，先生可以提供费用，帮忙安排保姆，让太太去做一点兼职的工作，或等小孩上幼儿园后，太太也进入职场。既然太太也有工作收入，先生就可以少出差，有较多时间在家里陪伴小孩。有机会的话，下一阶段，两人交换角色，太太多工作、先生多照顾孩子，彼此都能换换滋味。

但是，深入讨论下去，可能会发现，这样做的话，先生就没办法升官，收入会变少，我们可以接受吗？太太可能认为："不行，我薪水没有你赚得多。"先生也同意："我们还是维持现在的局面比较理想。"

经过讨论后，夫妻也许会重新分工，或者维持原状，但经过这种讨论之后，感觉将是不同的，彼此都会比较踏实。

另一种挑战是夫妻意见方向不一。太太如果坚持不要在家带小孩，打定主意非上班不可，谁能阻止呢？除非太太找不到任何工作。最坏的状况是先生完全不能接受，不惜撕裂关系。

这时候，双方都需要思考，在自己的理想与对方的期望之间该如何取舍？伴侣们往往期待着："我不要他（她）对我不满，但我也不要放弃自己的目标。”也就是“我要做你不喜欢的事，但你不能对我不高兴”。这是非常孩子气的期待，等同于要求另一半完全配合自己。伴侣生活与个人生活的差别就在于需要妥协，只有不断地妥协，两人才能在一起。

以下是几则有趣的例子，乍看之下可能觉得荒谬，但其实我们在生活中常常不知不觉地持有这种“公平心态”！

一位丈夫跟太太计较：“为什么我们花那么多时间照顾岳父岳母，却没有用一样多的时间照顾我爸妈？不公平！”其实，这对夫妻的公公婆婆身体非常硬朗，自己过得很好，不需要特别照顾，目前需要特别费心的只有一对老人。总共的负担就是这样，夫妻合作把这个负担扛起，才是应有的态度。难道要另一对老人也变成每周需要上医院，才觉得公平吗？

有个家庭，小孩每晚都听妈妈讲睡前故事，听得好好的，但妈妈开始觉得不公平，为什么都是我在讲故事？她就非要先生也来讲故事，不顾先生每天早上六点要起床上班。

这种公平的计较，已经到了死板的地步。夫妻间的平等，不该是这样的。僵化的、字面上的公平是婚姻的杀手，夫妻需要不断磨合，人与人之间若死板地要求公平，是绝对不会过好的。夫妻是一个团队，需要彼此理解，然后两人合作，把该做的事情妥善完成。

在学习银饰制作的过程中，我得到了一个小小的感悟。

想把金属片或矿石粘在一起，应该怎么做?

有经验的师傅说："若是直接把两个平面接合，通常是粘不牢的，在受力时很容易就掉下来，所以得先把一些地方凿凹，另外一些加凸，凹跟凸卡在一起，才会紧紧结合。"

两个东西一模一样，是粘不牢的，这是每个人都懂的简单道理。

婚姻里的公平，不也是如此吗?

合作和公平，哪一个才是我们在伴侣关系中真正的目标呢?

安慰话语胜过唠叨意见

这是不是个熟悉的场景——

太太回到家，对先生说，今天工作不顺。先生一开口，就说太太一定是这里那里不对、应该这样那样做才对……然后，太太就不高兴了。

开口分享心情的人，希望听到的是肯定与支持，当先生开始给意见时，太太就觉得好烦，心想"这个男人太爱说教！"或者

mage
gift shop
FAIR TRADE
Curiouser & Curiouser
THE
GREAT FROG
Dave's
Pen to Paper

“他根本不了解情况！”

听见太太在工作上受到挫折，就急忙提供建议的先生，应该是关心太太的，不然何必说那么多话呢？可惜太快给出的建议，往往会让人感觉是批评而不是支持。

为什么明明很想帮助太太，却说不出能让她破涕为笑的话？

由于文化中定位刻板的性别，男性比较不容易觉察挫折感。其实，当妻子情绪低落时，丈夫多半也会感受到挫折，因为亲密伴侣之间的感觉是会互相感染的。无意识地，丈夫会希望能尽快排除挫折感，让妻子回到正常状态，身不由己地说出一大堆意见，无非是为了快速解决问题。

如果妻子能了解这种微妙的心理，就不至于对丈夫的话生气了。

为了改善这种沟通模式，妻子不妨听完丈夫的意见，再告诉他，他的方法很好，下次会试试看，但也要诚恳地表达：“除了方法之外，我可不可以知道，在你心目中，我是不是很笨、很没用？我需要一些鼓励！”

明白的表达，坦诚的邀请，可以引导伴侣了解自己的需求，从而令其有效地提供帮助。渐渐地，夫妻可以尝试更深层的交流，例如，妻子发现丈夫听完自己抱怨工作之后，情绪也变坏了，可以对丈夫表达关心："我发现我们刚才的对话中，我的不愉快好像影响到你了，你也变得不开心了，是吗？"

当妻子询问丈夫："我刚刚讲话的样子是不是很不耐烦？"先生才有机会说出："对！你的脸真的好臭、好吓人！"

当我们深爱的另一半受到挫折时，我们往往会感觉像是自己受到挫折一样，因此产生强烈的负面反应。当伴侣双方意识到"我们的情绪会互相感染"时，可以省去许多沟通上的误解。

夫妻之间也可以使用某些"暗号"，作为一种沟通的工具，例如，夫妻约定好，当一方说出"我没有问你意见哦"，就是在提醒另一半，请多说鼓励的话，不需要那么辛苦地、吃力不讨好地提供意见！

男性常觉得能给意见才是"有用"的爱。我听过许多男士说，他们认为像连续剧里那样"摸摸老婆的头""亲亲她""哄哄她"，而不出手去解决问题，哪里像个男人！然而，现代女性愈来愈有自主能力，她要的正是丈夫摸摸头、亲亲脸，而不是需要男人来否定她的思想，替她决定对错、提供方法。只要心情好了，她就能自己想出方法来。

亲密关系的三大要素

1. 亲密感：知心、理解、默契，在生活步调上紧密配合。

2. 热情：身体、心灵、性的热情，强烈地渴望融合。

3. 承诺与投入：对于关系的认同，愿意投入心力的决定。

资深伴侣
——“还想要”还是“受够了”？

许多人要求坚持的东西，并不是为了服务真正的自我，反而是因为没有勇气解决自我的问题，才那样拼命坚持着。

亲密关系中的自我——面对深层恐惧

亲密关系中，可以坚持自我到什么程度？

太太坚持要看先生的电子邮件，想知道他跟所有人谈话的内容。先生嗤之以鼻：“我不能有一点自我空间吗？”

太太说：“如果你没有外遇，为什么不能给我看？”

先生说：“我没有外遇，但就是不想给你看。人不能有隐私吗？”

两人为此争执不休。先生愈坚持设限，太太愈想要侵入这条防线。

他们认为，这是婚姻与自我的冲突。

“两人都要坚持自我，当然会起冲突，只能看谁配合谁。”如果只是抱持这种无奈的观念，对于内在动力不求甚解，谁愿意老是配合另一半？那，问题不就无解了吗？

“自我”，是个人内在的、真实统一的需求与感觉——我要什么、感觉什么、喜欢什么，认为什么是对什么是错，这样的主观意识是“自我”。自我是一个人活得有意义的根本，在亲密关系中，当然要保有自我。当了父母也需要有自我。没有自我的人，不可能与人真正地相处。

伴侣间谈到自我或自由的问题时，经常发生混淆与误解。许多人要求坚持的东西，并不是为了服务真正的自我，反而是因为没有勇气解决自我的问题，才那样拼命坚持着。

在个人能够掌握自我之前，需要经过大量的内在开发、修炼、调整与探索。灵性开启、精神分析、自我整合，动辄需要十多年才能发现自我。我们所想所要的，不一定都出于真正的自我需求，有时是出于对某些恐惧的防卫，那是扭曲的自我。

这对夫妻在隐私的问题上无法妥协，表面上是个人观念的差异，但在深层心理上，问题源自双方的成长过程。他们内心都有无法处理的恐惧，他们坚持的做法不同，但目的是一样的——我不要落入以往的恐惧!

什么样的恐惧？在丈夫这边，他有一位过度介入的母亲，经常不敲门就进孩子房间，随意开抽屉、翻书包，检查他有无行为偏差的迹象。有几次他用吃饭省下来的钱买的小玩具被妈妈查到，妈妈不分青红皂白就对全家人说他偷了钱，完全不听他解释。考上大学后，他从家里搬出，渴望拥有自己的空间。结婚之后，当太太要求进入他的私密领域，他立刻产生“妈妈又来了”的反感，他强硬地对妻子说：“我痛恨不受尊重的感觉。这就是我，不喜欢就分开。”

不巧，妻子这边，她自小看着妈妈哭哭啼啼，抱怨爸爸的外遇，当她还是个小女孩时，妈妈就不断灌输她该如何捍卫婚姻：“男人绝对要查得紧，你一松懈，他们就会搞鬼。”每次看到先生在计算机前面点来点去，她便无意识地联想起爸爸外遇时，妈妈如受伤的小鸟般无助。“你有自我，我也有自我。我一定要看你的信件，这就是我，不要就分开。”

他们需要从一个客观的角度重新认识自我的需求和发展的潜力。

夫妻双方呈现的都是受伤的自我。男方在成长过程中被母亲过度介入，无法舒适地发展自主性，他在这个地方受伤，心态上一直停滞在青少年的抗拒阶段。抱着受伤的记忆与压抑的愤怒，他用大幅度相反的方式，以为唯有坚持自己的原则，才能保有自主权。然而，他更抗拒、更愤怒的是对方（以前是母亲，现在是妻子）的不信任，“你为什么不相信我？你为什么总觉得我很坏、会犯错？”

除非能坦然面对过去受到的伤害，否则他无法真正地克服问题——他需要学习如何获得对方的信任，让人觉得不需要查探，而不是强硬地反对，这样只会让妻子因为被拒绝而焦虑，从而更坚持要闯入自己的私密空间。

我邀请这位先生重新了解自己：“你确定你的自我不喜欢被信任、只是想关上你的心门吗？你不希望跟太太很亲密，太太因为很信任你而更加地爱你吗？”

其实，他很想如此。但他以为，只要对方随意闯入就是没有被尊重，却没想到世界上有一种更好的方式是“如何适度地开门”，甚至如何经由开门获得信任，而不再随时被闯入。这是他无法想象的，他只想防卫，他所坚持的自我是受伤的自我。他的本性仍然是渴望亲密的，但成长过程中受到的伤害让他拉上防线。

这位太太想掌控的，也是个受伤的自我。其实她本性随和，从小很乐观，之所以变得过度怀疑，是从妈妈的忧郁开始的。自从爸爸有外遇，妈妈一直恐吓她“男人都是坏东西”，她才开始变得神经兮兮，但她真正的自我是那个无忧无虑的小女孩。一进入婚姻，恐惧的魔咒就启动了。

通过别人的帮助，他们逐渐了解了对自我的迷惑，其实双方都希望自己的恐惧能被另一半理解并呵护。对先生而言，他可以通过沟通，并采取行动，适度地让太太安心；太太若能安心，便愿意尊重先生的隐私，不再一定要看先生的电子邮件，她也可以放下过度的顾虑，专注于发展自己的生活和乐趣。

一段时间之后，太太不再让先生感觉像是“母亲再现”了。他们戏谑地揶揄彼此。先生问太太：“你活动那么多，要不要偶尔看看我的邮件和微博，万一有人爱我怎么办？”

太太说：“切，你这德行，只有我爱你啦。你最好懂得珍惜！”

恋爱般的状态又回来了，先生感觉太太并没有要掌控、侵略他，就不会把对母亲的愤怒投射到太太身上，也不需要躲着她。而妻子感觉先生不躲着自己了，又何必咄咄逼人？

这才是符合他们本性的相处，由于彼此的合作，他们逐渐走出了阴影。

当伴侣都能贴近真正的自我时，相处并不困难，扭曲而乖张的防御原是为了避免灾难，实际上却会引起更大的灾难。

真心话或伤心话

许多夫妻要求彼此坦诚，原则上这是好事，但不能不区别“真心话”和“会伤人的话”。当真话失去体贴，变成不顾对方感觉的任性表达时，就不是真心话，而是伤心话了。

我必须强调，这跟“有外遇却不承认，是为了避免伤害伴侣”这种缺乏诚意的借口，是完全不同的事情。

例如，先生对太太说：“我觉得你很不会搭配衣服！”在他说出这句话之前，太太每天都高高兴兴地打扮，照了镜子就出门了，可是他偏偏要说这句话，这种坦白对于两人的关系有什么好处呢？这并不是像外遇之类，需要坦白才能真正处理的重大事件。

“我喜欢说真话，我不喜欢夫妻之间不坦白。”

这样说的人，或许可以试着自我觉察，内心是否有某种对伴侣的攻击性？这种攻击性是如何形成的？

一位妻子一直觉得先生不够疼她、不够替她着想。有一天，和先生一起参加应酬后，她对先生说："你有没有发现，今晚那一桌所有的男人之中你最矮？那一桌的男同事都好高啊！"

试问，"坦白"这种事是为了什么？如此的"真话"，唯一的效果是攻击另一半，或许妻子无意识地在反击先生平日对她的奚落。

一位先生性情老实，经常吃亏。同样是应酬场合，太太注意到，公司同事把棘手业务推给他。回家之后，她对先生说："你知道吗？我喜欢你，就是因为你心地很好。可是我今天发现，你的同事因为你心地好而把困难丢给你，我替你心疼，你会不会太累？"

真心话，能像这样多少修饰一下，顾虑着对方的感受来说，比较容易让人接受。

开口对伴侣说话之前，试着先自问："为什么要说这个？说了之后，会引起什么样的后续效应？"

有些话是为了增进了解、改善问题而说，可以将关系往好的方向推进。有些话涉及的是根本不可能改变的事，想说这种话之前，不妨自问："为什么现在想挑起这个话题，明知这件事目前是无法改变的？"

通常，想说这些话，是因为心中潜藏的不满情绪已经快要达到极限了！好好厘清这些情绪，才能找出更应该说的、对方听得进去的、能够改善问题的、有建设性的真心话！

清理堵塞沟通渠道的怨怼

关系当中潜藏的不满情绪，如果不经觉察、不加清理，便会日渐堵塞伴侣之间良性交流的渠道。

婚姻课程中，许多人问："我的另一半为什么都不想跟我沟通？他跟别人总是滔滔不绝，对我却像个'闷葫芦'。"

以下三种积习，容易将伴侣变成拒绝开口的"闷葫芦"。

1. 每次伴侣开始分享某件事或某种感受，另一方就立刻加以评论

"跟他说话，总是一开口就'踢到铁板'，踢过几次，就再也不愿和他分享了。"

丈夫眉头深锁，对妻子提起："我弟弟最近的投资好像不太顺利，大概不久就会负债了。"

妻子立刻说："你该不会想要借钱给你弟弟吧？你叫他去跟弟媳妇娘家借啊！她娘家不是很有钱吗？"

这样一说，丈夫以后多半不愿意再提起弟弟投资的事了。

其实，丈夫心里或许也担忧着："弟弟如果投资失败，我身为哥哥，能不借吗？该怎么办呢？"这时，他也有一样的焦虑，但妻子的反应太激进，一下就跳到丈夫思虑的前端。这让丈夫失去思考的空间，为了避免还没准备好的思虑受到挑战，下次，在他决定如何处理之前，这类事情是不会愿意对妻子开口的。

2. 无法承载伴侣的负面情绪，对方稍有情绪，就反应过度

"每次只要我表现出一点负面情绪，另一半就跟着抛出反弹的压力和情绪，完全无法作为情绪上的陪伴，因此，我干脆都自己消化好了。分享只会招来更多麻烦！"

某天，太太回家说："我觉得最近情绪低落，做事都提不起劲儿。参加同学会，看同学都过得光鲜亮丽，学跳舞、唱歌、做手工艺，我觉得我们的生活好像没有人家的有趣，小孩好像也没人家的聪明。"

先生立刻回答："不然要怎么办？我们的收入就没办法过那种生活，我每天那么辛苦，是为了什么？永远达不到你理想的标准，我觉得很没意思！不然你要怎么办？"

听的人比表达心情的人先崩溃，完全没有办法分担对方的压力。谁还敢说真心话呢？

3. 关系存有积怨，只要一方打开话题，另一方就找机会算旧账，反唇相讥

妻子说：“我们可不可以不要每个星期天都待在家里？”

丈夫马上高声说：“上次带你去海边，你嫌太热，结果我们大吵一架。孩子吃了海鲜又拉肚子，是你自己说不要去不熟的地方吃东西，你以前要待在家里，现在又想去外面，谁有办法满足你？永远都是我不对！”

如果伴侣的愤怒“满”到这种程度，碰一下就爆发，你们真的需要仔细检查、好好清理了。否则关系中的修正功能将完全停止，会累积更多的愤怒，下一次爆发的破坏力只会更加强大。

承认自己的需求——感恩对方的协助

害怕沟通的伴侣们，认为沟通就像吵架的地雷，“说错话”就是引爆的瞬间。除了打情骂俏，最好不要认真谈任何事情。

若是长久如此，两个人很快就会貌合神离了。我们需要了解导致吵架的原因，开口“说对话”，不再害怕吵架。

常见的第一种吵架原因是：“我要某种东西，你不给我，所以我跟你吵，希望能拿到我要的东西。”

第二是反过来："我不想给你某种东西，但你一直要，所以我跟你吵，希望你停止要求我。"

第三种则是："我们都想要某种东西，因此争执，看谁可以得到。"

这三种吵架，需要不同的智慧来处理。

如果是第一种，需要如此沟通：正确地陈述"我想要某种东西，如果可以得到，我愿意给你回馈"。

例如，希望伴侣可以坐下来陪我聊天，对方却一直在电脑前忙碌。我可以说："我有一件事很困扰，想跟你聊一聊，因为我相信你最了解我，能给我意见。"或者，"只要跟你聊聊，我就会觉得好过。请你给我一点时间，不一定要现在，你可以告诉我什么时候有空，这样我就不会一直等，或一直打扰你。"

通常这样明确的表达，对方比较愿意回答他现在正在忙什么，要过多久才可以聊，或约另一个时间聊。有正确的开头，沟通就不容易演变为吵架。不幸的是，大部分的人都不这样说话！

想聊天而另一半拼命敲电脑时，人们通常劈头就说："现在几点了？还在上网！"或说："电脑有那么好玩吗？"此时对方的感觉是"你凭什么管我"。他一定要防卫，并用各种方式提醒你没有权力管他，为了抗议，他甚至不说话，与要求陪伴这一方的期待完全背道而驰。因此，两人多半会开始吵架，想聊天的人更想攻击、指责对方正在做的事。

这一类沟通，最需要的是清楚陈述自己的需求，承认是自己在请求对方协助，表达感谢与愿意回馈的心态。一般感情没有严重问题的伴侣，只要知道这点，就会愿意提供帮助，但最令人讨厌的是不承认自己的需求，让人忍不住想："要求东西，不说请就算了，反而一副理所当然的样子，还要指责我！为什么我要满足他（她）？"

第二种情况，如果真的不愿意配合对方的要求，怎么办？

有人在被要求东西的时候会有罪恶感，预设"一定是我给得不够，他（她）才会一直要"，因此，伴侣一提出要求，例如要陪伴、说爱或送礼物等等，就会引起这方的反感："我永远喂不饱你，是不是我不够好？"

有这种情绪时，可以试着表达："你不开心，是因为我哪里做得不够吗？"当对方用抱怨的方式索取时，你可以冷静地响应："我以前没想到这些对你如此重要，不是不想满足你"，对于无法配合的部分，好好说明原因。让伴侣知道"我很想让你开心，但如果你坚持用这种方式，对我来说比较困难"，并主动提供替代方案。

ADVANC
4

一般人感觉自己被伴侣抱怨时，会更加逃避，或是反击，例如：“我没空！真的很忙，忙到头都痛了！”似乎要对方知道，世界上不是只有她（他）很可怜，以及“我都没有要求你，你凭什么要求我”，如此，对方感觉所提出的要求被驳回、被否定了，结果只好用更强烈、更可怕的方式继续要求，诸如提高声音、使用刻薄的词语、夸大表现痛苦的情绪等，试图攻破伴侣的防线。

比方，本来只是肚子有点痛，想撒娇要个拥抱，被伴侣严辞拒绝之后，变成捂着肚子一定要送急诊。本来只是有点不开心，想要句好话，被伴侣羞辱之后，就不得不砸杯摔碗了。

至于第三种情况，两人争夺某种决定权或某种豁免权，也是常见的吵架开端。例如，由谁决定下一套房子买在哪里、孩子念哪所学校、家里某笔钱怎么投资。而豁免权，如两人都不想去跟婆婆解释为什么要搬出来住；小孩在学校闯祸，没有人想去跟老师见面……

两人争执同一件事时，不得不认真面对“我们必须分摊的责任”，谁摊多、谁摊少不是那么重要，需要理解的是各自惧怕的是什么。如果两个都怕同样的事，那么不妨沙盘推演，看看谁来做伤害会少一点，双方同意派较为擅长的一个去处理问题，同时，另一方必须承认自己亏欠了一次，下次要还！

失败的沟通几乎都有一个特点，就是无法承认自己有需求，不认为是自己在请求协助，也不愿感恩、回馈，而是找各种借口，好像对方本来就应该做某些事。

有效的沟通，首先态度要诚恳，诚实面对自己的需求，知道我正在要求对方满足我，而不要试图用“大道理”逼迫对方就范。

许多人无法承认自己有需求，是源于过去被拒绝、被忽略的创伤，深信自己不会被重视，提出要求一定会被拒绝。其实，当我们诚恳地拜托伴侣做些什么，同时表达感激时，一般人都会尽力而为的。

如果双方都努力在关系中培养这样的信任感，互相满足的正向经验就会愈来愈多。

当另一半对我说，“拜托你做红烧肉给我吃好吗？我明天买礼物送你”，我不管多累，一定会倾全力去做。

但如果听到的是：“你像个老婆吗？多久没做饭了？”我想我应该会继续远离厨房三个月，等到气消再说。

您是不是也如此呢？

He Wishes for the Cloths of Heaven

W. B. Yeats

Had I the heavens' embroidered cloths,
Enwrought with golden and silver light,
The blue and the dim and the dark cloths
Of night and light and the half-light,
I would spread the cloths under your feet:
But I, being poor, have only my dreams;
I have spread my dreams under your feet;
Tread softly because you tread on my dreams.

他想要天国的绸缎

叶芝 著　陈黎　张芬龄 译

假如我有天国的锦缎，
绣满金光和银光，
那用夜和光和微光
织就的蓝和灰和黑色的锦缎，
我将把它们铺在你脚下：
但我很穷，只有梦；
我把我的梦铺在你脚下；
轻轻踩啊，因为你踩的是我的梦。

Chapter 4

婚姻不只是两个人的事

婚姻不是许诺梦幻之地，而是真实的人生，
走入婚姻，还将伴随得到其他身份，
在满足与不满足之间，有时是莫名的喜悦，
有时是难言的失望、挫折，甚至愤怒。

刚刚好的婆家关系
——接纳但不吸纳

除非婚姻能进化为一种男女对等的关系，不然每个传统节日都很危险，清明吵完，马上又有包粽子和吃月饼的问题了。

“春暖花开的四月，难得清明有几天假期可以去游山玩水，却被要求随婆家去扫墓。祭祖当然是该有的心意，但为什么要规定大家同一天去扫，不能各家挑自己方便的日子去吗？我去没去真的差那么多吗？”

才忙完过年团聚的种种麻烦，接着又要扫墓，传统习俗对夫妻关系的考验还真不少，稍一不慎就可以吵上一架——

老婆：“你家事情真的很多耶！”

老公：“什么我家，我家不就是你家吗？”

老婆：“你家是我家吗？那为什么从来没有人听我的意见？”

老公：“……”（以眼神表示：不要闹了！）

老婆："怎样？觉得我无理取闹吗？要吵就吵啊……谁家没有祖先？你扫过我爷爷的墓吗？"

除非婚姻能进化为一种男女对等的关系，不然每个传统节日都很危险，清明吵完，马上又有包粽子和吃月饼的问题了。然而，并不是所有的妻子都希望清静，拒绝参加婆家的任何活动。这是一种很微妙的感觉：希望被"接纳"，被视为婆家的一分子，能够常常被记得、被关心，但不希望被"吸纳"，不希望被席卷到失去自我的程度。

不论是公婆或儿媳，大家都常常感到困惑，很难找到恰好居中的平衡点。对于婆家的各种出席要求感到不满的时候，除了努力沟通、渐渐地磨合之外，想想另一种极端：如果是不受认可而被拒之于门外的媳妇呢？这样对照之下，或许能稍感宽慰。

"什么歪理啊？我不需要跟不被认可的媳妇比较吧，我才不需要他们的认可呢！"不想去婆家扫墓的女性朋友愤愤地说。

在多变无常的婚姻关系中，女人真的不需要婆家的支持吗？

婆家的支持

一位原本不参与婆家任何活动的女性，某年心性大变，

下吉田駅
SHIMOYOSHIDA STATION
1
FJ 14
しもよしだ
SHIMOYOSHIDA
下吉田
よしいけおんせんまえ
YOSHIIKE ONSEN MAE
ふじやま温泉

不仅常回婆家走动，逢年过节还积极地筹办家族聚会。朋友们对她的转变感到好奇，仔细探问之下，才知道那年她的先生有了外遇，在最慌乱无依的时候，她突然有个念头，希望祈求祖先，保佑先生回到太太和儿女身边。可是，这个念头一闪而过，她发现自己跟婆家实在太疏远了，仔细回想，好像连祖先都没拜过呢！

“当时我自己都觉得可笑，如果要祈求祖宗保佑，还得先自我介绍呢！他们知不知道有我这号媳妇啊？”她说。她不是个迷信的人，但这个瞬间的念头反映了她内心渴望获得婆家人的支持。

在那段时间里，公婆和小姑都非常关心她，帮助她和先生沟通。外遇结束之后，这对夫妻经历了辛苦的修复过程，她发现家人还是多比少好。

当然，如果这位女性的婆家人不关心她、不支持她，结果就会完全不同。

“有事时，婆婆会站在你这边吗？”

这或许是个无聊又软弱的问题，不过，很多人还是希望得到肯定的答案吧?

幸福想一想

- 你和婆家的往来频繁吗？最常进行什么样的活动？
- 婆家的活动是否给你带来了困扰？曾和另一半沟通过吗？
- 想一件婆家支持你、让你感动的事。

送礼也不讨好

——婆媳永远有心结?

或许婆婆的盛情和主导真的让她很难受。而婆婆一定也觉得自己很冤枉，如果真要欺压媳妇，送名牌包这种方法未免太友善了吧!

朋友聚会时，有位媳妇抱怨自己婚后尽心尽力地相夫教子、侍奉公婆，但系出名门的婆婆始终瞧不起她的出身，让她深感受伤，每次要跟婆婆出门就紧张得频频犯错。大家一听都纷纷表示同情，表示势利的婆婆实在太可恶了！只有一个好奇的人问起细节："你从哪些地方感觉到婆婆看不起你呢？"

媳妇说："每次准备好要出门，婆婆就会从头到脚打量我，指出我的穿搭有什么问题，尤其是配件有没有分量。"她举起手边的当季名牌包，再指指腕上的钻石手表说："像这些都是我婆婆送我的，她坚持要我戴上的。她很在意别人怎么看她的媳妇。”

现场气氛顿时变得诡谲，原本大表同情的人互相交换眼色，有人耸耸肩，有人撇撇嘴，没有人继续回应这个话题。当这位媳妇离席上洗手间时，桌上的人又回到了刚刚的话题上，“好想被婆婆看不起哦，也送我名牌包包和钻石手表吧！”“好可怜的婆婆啊，送好东西还被嫌，不如捐给慈善机构，还可以积德添寿。”

这位媳妇真的是存心炫耀吗？或许婆婆的盛情和主导真的让她很难受。而婆婆一定也觉得自己很冤枉，如果真要欺压媳妇，送名牌包这种方法未免太友善了吧！

理解人际关系的复杂面

人心是复杂的。我想起某位前辈告诉我的，她在心理领域教学的感想——有些事可以说、容易说，说了几乎大家都会赞同（就是所谓“政治正确”的事），例如，关于做人，如果谈宽宏大量、不记恨，追求真诚、不虚伪，坚持理想、不随波逐流等，比较不容易出错。相较之下，人心的黑暗险恶、斗争中伤、如何自保、如何竞争等问题，顶多能在职场议题中讨论，如果放到日常生活、朋友交往甚至家庭中，谈这些东西一定是吃力不讨好，因为人人都渴望真善美的世界。

其实这些不真不善不美的事，一直与真善美同时存在着。我倒是认为，真善美的正面原则，每个人都知悉，可是每个人都有过这样的感叹吧：“我当然喜欢诚恳、坦白、互助、分享、处处飘满爱心的温暖人生，可是别人不这样对我啊！有人咬了我一口、捅了我一刀，我难道该继续忍受吗？”

在心理成长的历程中，最需要探讨和克服的，是人类内心存在的焦虑和对关系的恐惧，以及因为这些恐惧而衍生的误解、攻击、嫉妒与敌意。如果无法理解人际关系的复杂层面，光是想着对人好，不见得都有好结果。

如果这位婆婆能理解媳妇的自主性或是微妙的自卑感，如果这位媳妇能理解婆婆对于掌控的需求，或许她们能更轻松地相处。

多元家庭观念
——现代夫妻多不易

新人父母心里想的、挂在嘴边的是“娶媳妇”或“嫁女儿”，而不是“参加”或“出席”儿女的婚礼，好像父母才是婚姻的主宰者。

两人许诺终身，步上红毯，浪漫热情，憧憬着无论顺境逆境，相知相守，一起面对人情冷暖。新人热切地希望建立属于自己的家庭，一个与伴侣共同守候的王国。

不过，从筹备婚礼开始，这样的浪漫即使没有瞬间幻灭，也将一点一点地消失殆尽。婚姻不是许诺梦幻之地，而是真实的人生。无论是在自己的生活中，还是参与另一半的生活，自我认同与角色都必须改变。不仅自己的渴望与期待变得复杂，也必须承载别人的渴望与期待。在满足与不满足之间，有时是莫名的喜悦，有时是难言的失望、挫折，甚至愤怒。

婚姻在本质上并不只是两人间的约定与承诺，而是一种受风俗伦理规范的社会制度。尤其在我们的文化中，婚姻不只是伴侣关系，更是一种家族关系，是一连串家族关系中的一环。一个人不只是伴侣，不只是“丈夫”或“妻子”，走入婚姻，还将伴随得到其他身份，必须扮演许多角色。而且，关于这些身份角色，舆论特别嘈杂，邻居、亲戚，甚至不认识的人，都常自以为有发言权，急于表达他们的批评与意见。

对女性而言，从婚礼那日起，一夕之间有了三个全新的家庭：“婆家”“娘家”和“我们的小家庭”。除了要适应全新的婆家和自己的小家庭，婚姻也会改变个人与原生家庭的关系，一样得重新调适。难怪有人说，一结婚，世界就大乱了！

大家庭与核心家庭的冲突与互补

现今社会的家庭观念，混杂着“大家庭”与“核心家庭”两套不同的制度。随着城市化以及受到西方思想的影响，以夫妻为核心的小家庭是多数人精神上与实际生活中主要的家庭概念。然而，重视孝道、重视长幼辈分的大家庭制度，依然深植于风俗与伦理中，深刻地影响夫妻的情感、道德与自我认同。我们经常从

FIRST ST NW
1900
ATM
OPEN
ICE CREAM

大家庭的角度，也就是从“婆家”与“娘家”的角度，来经营与评价婚姻，因此压缩了“两人世界”。就像新人期待他们费心筹办的婚礼将成为两人一生中最珍贵的回忆，但他们的父母心里想的、挂在嘴边的却是“娶媳妇”或“嫁女儿”，而不是“参加”或“出席”儿女的婚礼，好像父母才是婚姻的主宰者。

两种不同制度与价值观的并存，让夫妻俩吃足苦头，他们容易在婚姻家庭中感到角色错乱。不过，两者也有互补的作用，比如说，大家庭绵密的网络，可以补足核心家庭的孤立脆弱，相对地，核心家庭的独立自由则能松动有时让人窒息的大家庭桎梏。

每个人都具备在不同角色间游走的能力，如果能接受这仍是我们的社会常态，克服一开始就排斥大家庭关系的心结，努力尝试各种不同的可能性，或许自己可以发挥更大的潜力！

婆媳关系的社会本质
——接受不完美评价

总之，不管是在婆家，还是在自己家，一家团聚时，大家就会不知不觉照着传统大家庭的规矩进行了。

“我跟我婆婆的个性完全不同，如果不是跟她儿子结婚，我根本不可能跟她这种人相处！”

常听朋友这样抱怨。有些还具体指出她们不认同婆婆的地方，这样那样的家务方法已经落伍了、对待子女不公正、教养孙子观念不对，甚至婆婆对待公公的态度，也让媳妇觉得不以为然。

不过，抱怨一阵子，偶尔也会听到，“我婆婆其实是个好人”“她本性善良”“她对子女真的很好”“为家庭付出很多”等，似乎有些矛盾的评价，其实抱怨的朋友自己也有点迷惘。平心而论，大多数人的婆婆也就是一般个性的人，婆媳虽然因为年龄差距而难免有些代沟，若是在其他情况下与之相处，比如职场、街坊，或者，如果婆婆不是婆婆，而是个娘家亲戚，也许相处不会如此困难，至少不会是现在的形同陌路。一同生活或合作某些事情，也不一定会有怨恨或冲突。只是，一旦做了婆媳，就只能是最糟的情况？

问题往往不在婆媳个性是否相配，而在婆媳这个对应关系的本质。

当婆婆是婆婆、媳妇是媳妇的时候，关系的本质就是传统的定义。大家庭制度的规范与伦理，依然深植于集体与个人的意识及潜意识中。即使小家庭已经成为主要的家庭形态，儿女平时独立生活或分居不同城市，但逢年过节家族团聚时，婆婆总会自然而然地开始扮演传统婆婆的角色，媳妇也会自动开启标准媳妇模式。婆媳间的相处，像是一场演出，有着脱离现实的荒谬与无奈。

传统婆媳关系的影响力

传统的婆媳关系，有点类似师徒关系，更确切地说，媳妇被期待为婆婆的继承人，要被训练成家族下一代的主母。要被认为是好婆婆，除了关心照顾媳妇之外，还得言传身教，教会媳妇如何相夫教子以及打理家务的各种经验诀窍。相对地，所谓好媳妇，不只需要尊敬、孝顺公婆，也被认为该像个学徒，热切地跟随婆婆学习，虚心接受她的批评和教导。

现代的媳妇，有几人愿意接受这种角色与期待？但是，尽管我们不想承接传统，却还是习惯按照传统演出——每次进到公婆家，无法安心当客人，不由自主就跟着婆婆在厨房忙碌，看起来好像很乐意地帮东帮西，一副热切学习的模样。当公婆到儿子媳妇家小住，或是吃顿晚餐，婆婆也不能安心当个客人，一刻也不得闲地跟进厨房，紧盯着媳妇的一举一动，随时进行批评或提出意见，甚至直接接管厨房，让媳妇只能在一边当帮手，媳妇心里疑惑着，这究竟是谁家啊！总之，不管是在婆家，还是在自己家，一家团聚时，大家就会不知不觉照着传统大家庭的规矩进行了。

传统婆媳关系的影响力，总会凌驾于个人意愿之上。如果想当一个不传统的媳妇或是不传统的婆婆，必须克服很多周遭既存的成见。街坊邻居怎么想？公公、姑嫂、其他亲戚家人怎么想？另一半怎么想？婆婆怎么想？

不仅如此，最矛盾的恐怕是自己。

“我不想按照婆婆的生活方式生活！”

于是，朋友说：“不需要啊。做你自己吧！”

从此，不听婆婆的，甚至不去见婆婆。

没想到这样做了，却又不开心，媳妇很生气：“我婆婆竟然比较喜爱大嫂！”

“咦！你大嫂都听婆婆的，你不想听婆婆的，结果婆婆喜爱大嫂，这很合理吧？”

“乱讲！这怎么会合理？我心地比大嫂好，性格比大嫂好，能力也比她强，怎么可以因为我不听她的，就抹杀了我的位置！婆媳应该像母女一样，无条件地爱才对！”

这不是我幻想出来的对话，而是我听过不止一位媳妇亲口说过的。

既然不愿意服从传统，又何必在意是否得到婆婆对于传统好媳妇的认可？往往，媳妇不是不能自由，只是，追求自由需要甘心放弃一些好处。看开了，不再期待被视为完美媳妇，才可能自在。奇妙的是，当媳妇不再计较婆婆的评价以后，婆媳相处通常会变得轻松，结果，婆婆反而觉得媳妇变好了……

媳妇对婆婆之爱的期待
——比您儿子还可爱

婆媳的关系从零开始，没有沟通怎么可能磨合？一方自以为是地做了些友善的表示，另一方认为自己收到的意思却完全相反。

婆媳之间最大的麻烦，是媳妇很容易感知来自婆婆的期待，觉得压力很大，却不容易察觉自己对婆婆也有很多的期待与需求。

以前我常常感到疑惑，为什么有那么多女性因为婆媳关系痛苦不堪，却还是跟婆婆紧密互动着，不愿割断与婆婆之间纠结的关系？后来我渐渐懂了，许多媳妇希望被婆婆肯定：她们心里有一个很严厉的声音，认为如果不能达到别人的期望，就不会被爱。就像女孩们小时候经常受到大人的暗示，必须表现得好、讨大人欢心，才能获得称赞与喜爱。

当女孩子披上婚纱，开始接触婆婆的时候，心里非常期待被爱，同时也非常害怕受伤害。只身踏进一个家庭，媳妇不知不觉地把自己对于母性、对于妈妈的复杂情感，套用在婆婆身上。但婆婆很可能完全不符合媳妇的期待，毕竟婚前女人只挑过老公，并没有挑过婆婆！

由于过去社会的性别歧视，至今仍有许多年轻女性不曾感觉到充分被爱。原生家庭重男轻女的，例如哥哥、弟弟总是比自己受宠的女孩，往往会对婆婆存有“另一个母亲”的期待，这样的女孩也特别敏感，容易因为婆媳关系而受伤。

对婆婆的期待

令我印象深刻的是，有位女性说，她的哥哥娶了嫂嫂之后，家就变成兄嫂的家了，父母在她和嫂嫂争执的时候，总是为了哥哥而维护嫂嫂。她觉得自己没有家，因而深切地期待真正的“归宿”，也就是未来的夫家能有一位爱她的母亲，那就是婆婆。

即使丈夫支持妻子不需要凡事遵照婆婆的规矩，许多女性还是很在意能不能被视为“好媳妇”。另一个曾经使我诧异的是一位媳妇吐露：“我好气哦！我婆婆比较疼我先生！”我太惊讶而不确定自己是不是听错了，还问她：“是和谁比较呢？”她说：

“我啊！就是，我婆婆竟然疼我先生胜过于疼我啊！”

我疑惑地问，先生是婆婆的儿子，妈妈疼儿子，很正常啊！她怎么会跟人家的儿子争宠呢？这位媳妇理直气壮地说，她对婆婆照顾很多，可说是满腔热血，但先生根本懒得跟婆婆讲话，自己才是一个更值得被疼爱的好女儿！

觉察自己对婆婆的期待、一种渴望被女性长辈理解的脆弱心情，才能学会承受现实中与婆婆相处时不可避免的摩擦与失望。这就像谈恋爱，如果太期待完美，一有误会就崩溃，是不可能走向未来的。

适度地表露自己

有位媳妇结婚后与婆婆同住，婆婆每天都会准备早餐给她，可是她非常不喜欢，因为婆婆准备的早餐不符合她的健康饮食习惯与瘦身原则。每次婆婆给她早餐的时候，她都会拒绝。但婆婆还是继续做，因此她认为婆婆连她吃什么都要控制。

然而，这位婆婆也很困扰，还跑来问我，现在的年轻女性早餐都吃什么？

婆媳的关系从零开始，没有沟通怎么可能磨合？一方自以为是地做了些友善的表示，另一方认为自己收到的意思却完全相反。如果媳妇太害怕婆婆，以为“如果我表达自己，婆婆一定不喜欢我”，如果媳妇从一开始就很见外，把所有事都放在心里，那么，原本单纯的个性差异，可能会被感觉为没有受到尊重。

善意、温和而清楚的表达，可以增进彼此的了解，就像任何人际关系一样，交新朋友时，需要适度地表达自己，不该预期别人能够猜透自己的喜好。

如果婆婆的观念与媳妇真的差距太大，那么媳妇就不可能达到婆婆的期望，但这通常不是关系破裂的直接原因。婆媳关系真正破裂，是因为在这些彼此满意与不满意的情绪之下，双方失去了人与人之间基本的互动。例如，媳妇感觉“婆婆嫌我没生儿子”，因此千方百计地逃避与婆婆说话的机会，结果婆婆更要谈论生儿子的事了。这是因为，一来，双方互动少，没有其他的事情可聊，二来，婆婆感觉自己被媳妇拒于千里之外，对于拒绝自己的人，婆婆更难主动去体谅、了解、心疼，这却是媳妇殷切企盼的。

与其逼迫自己做自己做不来的事，感觉受伤、对婆婆生气，不如持续用自己的方式表达对婆婆的友好。主动去打点婆婆，而不是像孩子般等大人来疼爱。

“我的婆婆，是一位尽心为家庭、孩子奉献的女性。她非常细心，也很能干。

“我尊敬她，但刚结婚时非常害怕去见她。其实，我害怕的是，完全不擅长相夫教子的我永远无法令她满意。

“在各种因缘际会的自我成长中，我逐渐理解了自己对于一个扮演母亲角色的人怀有多少期待与焦虑。现在跟婆婆相处时，我不再被动，我也会主动聊我熟悉的话题，也谈以后如何照顾她和公公的计划。以前，我们的话题总是她起头的，不是关于烹饪就是关于我先生，我以为自己在她心中很不受重视。

“不久前的家族聚会，我无意间听见婆婆对着姑婆仔细说着我的工作多么有意思！我很惊讶，以前婆婆只会对人夸耀她自己的女儿。回头想想，以前我总是尽量少讲话，急着逃跑，婆婆对我还真是一无所知，又哪里找得到夸赞我的地方呢！”

幸福想一想

- 你是真心希望和婆家亲近，还是与他们保持距离呢?
- 自己是否曾做过让婆婆感到开心的事?
- 如果觉得自己因误解而被婆婆冷落，你会用什么方式补救?

在婆家的老公
——这位先生，我们认识吗？

夫妻回长辈家时，常在不知不觉中让自己回到儿女的角色……或许这是现代人的一种彩衣娱亲。

“我不喜欢回婆家！每次一回去，我老公很享受，轻轻松松坐在客厅，看电视、聊天，我却得一直忙东忙西，一直紧张地注意着有什么需要做的事。我又不是他们养大的，为什么回报他父母的人是我而不是他？”

平常贴心亲近的另一半，回到婆家马上变了个样，自动切换到婚前的大少爷模式，一派轻松自在，茶来伸手，饭来张口，让老婆来替他尽孝道。“要不是因为和这个男人结婚，怎么会落得如此辛苦！”这样想已经快气坏了，更糟的是，丈夫在婆家时比在两人的小家庭里看起来更快乐，更像在“自己家”。

这种心情，不知如何才能让老公了解。

跟他说“喂！你一回到爸妈家，就忘了关心我，注意力都不在我身上”？

或许，持续沟通或吵几次架，老公会有点小改变。他可能偶尔会注意一下老婆的情绪，凑过来说几句体己话，运气好时、没人发现时，他可能愿意以不显眼的方式帮点小忙……虽然改变不了大局，但这也算有所改变，至少那种一回婆家老公就消失的感觉可以减轻一些。

“但是，看他和家人那种亲近熟悉的互动，看公婆对他的宠爱，对比自己的疏离陌生，还有辛苦的媳妇角色，总觉得两个人这个时候不是一体的，自己似乎被离弃，两人仿佛被拆散的鸳鸯。”

如果把这种心情说出来，抱怨老公跟他家人太亲近、回家太享受、太放松、太快乐……这种话，好像连自己都觉得不近人情，说不出口——难道自己是个心怀怨念的老婆，竟然想要剥夺老公享受父母温暖的权利？

来自原生家庭的惯性

对于老婆的这种心情，老公也满腹牢骚。

“每次从我妈家出来，就得听老婆一堆抱怨！弄得我每次回家都很紧张，我战战兢兢，时刻得注意老婆的脸色，一刻也不敢放松，好怕回家老婆找我算账。连回自己家都不敢放松，我才可怜！”

于是，夫妻开始争执：

老公：“你见不得我在家舒服？你爱我就应该为我的舒服高兴才对！”

老婆：“不是我见不得你舒服，是你那样子太离谱。你在爸妈家，好像巴不得不用当老公、当爸爸，只想继续当你妈的宝贝儿子！爸妈也真是的，好像你平常跟我生活很可怜似的，一回家就给你补这补那，嘘寒问暖！我活该是你家用人吗？”

妻子心中的不舒服，有很多细小的原因。平常跟老公在家，明明是个娇妻，老公还常把自己当成小女孩疼爱。可是一回到公婆家，怎么一切都翻转了？

难道，老公内心幼稚不堪，只喜欢婆婆的这种照顾方式，所以，老公平常都在忍耐自己，总有一天会抛弃自己？

如果妻子这样质疑老公，他一定断然否认。“男人最讨厌女人说他不成熟！”这是男性朋友给我的教诲。

“男人怎么会不想当成人，只想当小孩？辛苦了好多年，才

跟老婆共组一个自己的家。我们只是习惯，以前在家里就是这么过的，爸妈用老方式对我，我当然就配合演出。如果我突然变一个人，大家会很尴尬！”

这种解释虽然不能完全说服女人，但也不是完全没有道理。

家庭生活本来就有其惯性，不容易改变。如果儿子成家后，想扮演不同的角色，他必须克服惯性，承受必然的压力。

想象一下，若是回婆家，老公仍像在与妻子的小家庭中一样，扮演丈夫与家长的角色，可能给公婆带来什么冲击？传统的家庭通常预期不到儿子结婚会改变家庭关系，“儿子仍是儿子，只是要适应新媳妇！”即使儿媳搬出去居住，公婆依然扮演着原来父母亲的角色，儿子回家时，自然无缝接轨，填上原本儿子的位置，一切就如过去一般运作。因此，若儿子以新的面貌出现在家里，例如，儿子主动做家事、细心照顾妻小、呈现一家之主的样子，反而会让父母不知所措，不知如何应对。

身为儿子的男人，不希望让父母感觉“为了老婆，你变了这么多！”“从没有这样帮过妈妈”。这种心情，仔细揣摩，现代女性也常经历——从小被父母捧在手心，碗都没洗过几个，婚后回娘家时，也一样做着大小姐。但，有天父母来访，他们看到自己忙着为老公张罗饭、温柔照顾一家大小时，心里也会闪过一丝不安，许多人还说，爸妈脸上好像有种失落的表情！

结了婚，成了夫，做了妻，但都还是父母的儿女。不可避免地，我们必须面对长大成人、与父母切割的心理课题：脱离原生家庭，有依恋与不舍；培育新家庭时，更加体会父母恩情的无法偿还；为了发展与伴侣的人生，不再承欢父母膝下，这又是愧疚感；自己独立成熟，对照出父母日渐衰老的残酷现实，这是哀伤与失落。

为了缓解这些疼痛的感受，或为了不让父母感到今非昔比的怅然，夫妻回长辈家时，常常在不知不觉中让自己回到儿女的角色……或许这是现代人的一种彩衣娱亲。

夫妻之间，如果能因此了解而互相体谅，一起面对这些艰难的心理课题，两人之间的关系会更紧密。这是两人一起变老的必经过程！

婆媳关系中的男性角色
——解铃还须系铃人

婆媳冲突，无论是为了什么事，都不是两个人的事，而是三方面的冲突！不管想不想介入，身兼儿子与丈夫双重角色的男人，绝对是冲突结构中重要的一方。

婆媳之间发生冲突时，身为儿子与丈夫，应该扮演什么角色？如何化解母亲与妻子之间的剑拔弩张？

无论是母亲或妻子，对另一方有不满时，都期待这个把对方带入自己生命的男人，可以担起责任，出来说句公道话。论亲疏远近，似乎没有人比他更适合居中调解了，婆婆想着“儿子应该懂得怎么说服媳妇”，媳妇想着“老公应该知道他妈妈吃哪一套”，无论如何，让男人去周旋，总比自己去理论，像个恶媳妇或恶婆婆好些吧？

面对这样的期待，男人常觉得无辜，为什么自己会遇上婆媳这个永恒无解的难题!

“我只能旁观，无助地期盼她们和好，不要再对我发泄情绪，不要把家庭气氛弄得这么恶劣。我努力做好儿子、好丈夫，为什么就没办法享受平静的家庭生活？”

这种被动而无奈的态度，可能使婆媳冲突愈演愈烈。当丈夫显露不耐烦或无辜的模样时，妻子常会觉得丈夫把自己视为“制造麻烦的人”，这比他站在婆婆那边帮着婆婆来要求自己更让人难受。

曾听不少朋友抱怨，婆媳冲突中最令人伤心的是因此发现枕边人竟然如此陌生，无视妻子的痛苦，或像个小孩般躲在一旁。如果对丈夫感觉失望，妻子将对婆婆更难以忍受，因为，忍受婆婆是为了谁？如果是为了一个冷漠无用的丈夫，这么辛苦值得吗？

婆媳冲突，无论是为了什么事，都不是两个人的事，而是三方面的冲突！不管想不想介入，身兼儿子与丈夫双重角色的男人，绝对是冲突结构中重要的一方，想要解决问题，绝对少不了他的参与。

家庭中新的发展与角色转换

男性在婆媳冲突中被动消极，主要是因为无法轻易改变自己与母亲之间多年习惯的相处模式，因而无法在婆媳冲突间扮演积极的角色。母子关系是从儿子的幼儿、青少年到成年，经历数十年发展，不断拉锯而形成的互动模式。每一个人从原生家庭独立出来，会有自己不同的轨迹，这的确不容易改变。但是，随着生命步入不同阶段，母子关系需要新的调适。当婆媳发生冲突时，往往意味着儿子与母亲的关系已到了需要再调整的阶段，原有的关系无法适用于儿子的已婚状态。

丈夫置身事外，并不代表他不认同妻子的压力和委屈，而是因为他真的是处在两难境地，不知如何是好，所以只能消极逃避。妻子与其不断地指责丈夫或对丈夫宣泄愤怒，不如共同寻找建设性而非破坏性的方式，让丈夫了解生命新阶段的新需求，以及自身角色转换的挑战。双方应从夫妻一体的立场出发，逐步改善夫妻与父母之间的关系。

这不只是表面上的修补调停，更是一种深沉的体会认知，是一种自我的重新定位。伴侣的情感联结与共识，才是帮助男性改变旧有模式的动力，如果妻子只是一味指责“这是你家的问题”，要求丈夫自己想办法解决困难，却不愿意和他共同探讨可行的方法，这只会让先生更感挫折，甚至出现人格分裂，不想面对母亲或妻子，而妻子也将更感孤立，结果更愤怒，造成恶性循环。

以夫妻一体的角度思考

具有“伴侣心态”的夫妻（见第一章），不从个人角度看待婚姻问题，不局限于区分“你们家”“我们家”，而是以夫妻一体的角度思考问题，共同找出解决问题的方法。

例如，婆婆的批评不合理时，妻子并不需要一心想着这是针对自己个人的问题，更重要的是尝试与丈夫深入讨论，思考婆婆的批评对于夫妻关系有什么影响、应如何协力应对。

夫妻共同找出可行的应对方法，然后分工执行。两人的一致性非常重要，对外传达“我们必须被当成一体来对待”的信息。丈夫与母亲之间有深厚的情感，只要确定儿子的孝心，一般母亲都会有足够的容忍性来接纳儿子的转变。

每次都把婆媳问题当成是夫妻问题，认真而积极地面对、处理，通过这些磨炼，夫妻将发展出更深的伴侣认同感，不仅是在名义上或感情上，也在真实生活中成为一体，共同面对外界。

巧妙化解纷争

有位媳妇担心婆婆总是食用过期的罐头，为了婆婆的健康，她趁着婆婆外出时，将冰箱里的过期食物一举清空。婆婆回家后，大发雷霆：“这是我的家、我的冰箱，你凭什么丢我的东西？”

一般男人遇见这种状况，不是躲起来，就是尽可能逃离灾难现场。

男性居中调解婆媳纷争的秘诀，在于“为双方补足不擅长的地方，强调彼此的善意”。上述冰箱事件，因为丈夫的细腻圆融，婆媳矛盾很快就化解了，甚至还增进了婆媳感情。

得知太太冲动清理母亲的冰箱之后，我在母亲回家时，等在冰箱旁边。当母亲准备打开冰箱时，我故作紧张，嗫嚅着说：“妈，你，不要开冰箱，你不要开冰箱！”母亲问我怎么了，我说：“因为……我也不知道怎么办，小玲说要孝顺你，所以把不健康的东西都丢掉了！我一看就想，完蛋了！那都是你最爱的豆腐乳，你一定会气疯的！我现在也不知道怎么办，如果我说她这样不对，她会觉得‘难道我希望妈活久一点的心意，是不对的吗？’我该怎么办？你都怪我好了！”

一番调皮又贴心的话，让做母亲的婆婆又好气又好笑，同时也巧妙地强调了妻子冲动行为背后的善意。另一方面，这位先生也需要委婉地让妻子了解，直接丢掉母亲所有物品的举动，会让她的善意变成“不尊重别人的所有物”，因而不被感激，甚至引起愤怒。更理想的状况是，先生能够引导婆婆从正面的角度看待媳妇，其实，一个外来的、客观的媳妇，最能看出家中长年的积习，因而带来新的转变！有一天，当婆婆愿意想着“娶了这个媳妇，我好像会变健康”时，这位丈夫/儿子的辛苦是不是都值得了呢？

幸福想一想

- 通常婆媳问题的争执点是什么？你先生不帮忙的时候，你会怎么做？
- 是否曾与先生讨论过关于夫妻一体的重新定位问题？
- 如果先生愿意协调，你希望他跟婆婆说什么？

以爱相待

——超越习俗，建立“我们的家”

每逢佳节，夫妻关系就变得紧张，原本相安无事的默契都会被检视，莫名其妙地计较公平与不公平……

“结婚以后，逢年过节，家族团圆的日子，就觉得压力特别大、特别不快乐。从小爱过节的我，现在恨不得世界上没有节庆日！”

这是已婚女性的共同困扰。在娘家与婆家之间，即便在平时已经找到某种平衡，一旦遇上这些表示着家族团聚意义的节日，原有的平衡总会受到强烈的撞击，也可能立刻崩溃，让人不知所措。

如何过节，如何一家团聚，许多根深蒂固的传统习俗不但不符合现代家庭的精神，还常常造成道德与感情上的两难危机。它们的不合时宜是显而易见的，每个人（包括在这个制度中受益的人）多少都有感触。除了以“尊重传统”“社会习俗”为由，有时还真难替这些旧习俗找出它们在现代社会存在的理由。

以往家庭追求人丁兴旺，子女众多是理想，也是常态。孩子生得多，除非命运天平特别倾向某一方，一般家庭多半都是有子有女，虽然当时男女不平等，但婚姻所联结的家族网络可以自然平衡。例如，出嫁的女儿不需挂心父母无人陪伴，那是嫂嫂和弟媳的责任。但是现在不少家庭只有女儿，甚至只有一个女儿，父母在感情与实质上对女儿倾注的爱绝不亚于对一个儿子付出的爱，但社会上过节的习俗却没有太大的变化，家族团圆指的仍是夫家而非娘家。这让出嫁女儿的性别自尊一再地被挑战、被挫伤，深深地陷入对父母的歉疚之中。

这种习俗的受害者不只是女性，许多男性也有感触。每逢佳节，夫妻关系就变得紧张，太太暴躁易怒，原本相安无事的默契都会被检视，莫名其妙地计较公平与不公平……吵到最后，猛然醒悟，争执的起因原来是即将到来的春节、清明节、母亲节、父亲节或中秋节！

年轻一代的男性多半较能理解妻子，他们愿意承认，这样的安排对女性是不公平的。妻子无法与岳父岳母过节，女婿也常感到内疚。若是可以自主决定，许多男性都希望能不受习俗约束，每年都能依据当下的心情与偏好，选择最愉快的过节方式。

然而，习俗具有一种顽强的约束力。不回婆家而改回娘家，公婆会怎么想？即使公婆不拘泥这样的习俗，亲戚朋友、街坊邻居是否会议论，而对他们造成压力，让别人认为自己家庭不美满？这些担忧让人裹足不前，继续按照习俗过日子。

拥抱由彼此向外延伸的联结

近年，越来越多的家庭安排在春节或国庆节外出旅游，除了休假的考虑，其实很多都是借此逃避“回哪边长辈家里过节”的争执。太太不愿回婆家，回娘家又怕激怒婆家，小夫妻干脆假借公司旅游、带孩子游学等理由外出，避开两难状况。

有趣的是，这种做法有时也让老人松了一口气。父母亲在儿女通知要外出后，自己也开心地安排旅游：“一直以来，我们也想趁春节出游，只是儿女要回家团圆，我们怎能离开家长的岗位？”

这些现象不免使人感叹，春节的气氛淡了，记忆中全家团圆的温馨，似乎已难重现。我们也不免感受其中的荒谬，一个原本以家庭为念，用来凝聚家族向心力的团圆习俗，今日却让人避之

唯恐不及？

如果我们能超越这些习俗，聆听内心的声音，家人之间是不是能够有更好的相处方式？与其让儿子媳妇逃避佳节团圆，不如在见面时少谈家规、责任或期待，多些关怀与趣味，也许大家更愿意团聚。当公婆真心鼓励媳妇多花时间陪伴娘家父母，媳妇绝不会跑掉，而是会更愿意亲近公婆。这些，不就是简单的将心比心吗，让人无法做到的困难是什么？

父母、子女之间，天伦之爱是最真切的。伴侣之间承诺终身相守，亲密之爱也是最真切的。横阻于两者之间，使其冲突而无法融合的，是我们因害怕失去爱而引起的种种不安、竞争、排斥与猜忌。放下焦虑，相信自己并不会被抛弃，就能给家人更大的空间，给每个人更大的满足。

伴侣的珍贵缘分，在于共同成长，协助彼此成熟，让双方都能获得更幸福的、被爱包围的人生，而不是剥削对方来满足自己。

抱持如此的爱，我们将能以更宽容的胸怀拥抱彼此，也拥抱由彼此向外延伸的联结。家，应该是一个温暖的、包容的、让每个被在意的人都能牵手的、心的世界。

Final Soliloquy of the Interior Paramour

Wallace Stevens

Light the first light of evening, as in a room
In which we rest and, for small reason, think
The world imagined is the ultimate good.

This is, therefore, the intensest rendezvous.
It is in that thought that we collect ourselves,
Out of all the indifferences, into one thing:

Within a single thing, a single shawl
Wrapped tightly round us, since we are poor, a warmth,
A light, a power, the miraculous influence.

Here, now, we forget each other and ourselves.
We feel the obscurity of an order, a whole,
A knowledge, that which arranged the rendezvous.

Within its vital boundary, in the mind.
We say God and the imagination are one...
How high that highest candle lights the dark.

Out of this same light, out of the central mind,
We make a dwelling in the evening air,
In which being there together is enough.

内心情人的最后独白

史蒂文斯 著 陈黎 译

点起夜晚的第一道光，如同在一个房间
我们在其中歇息，并且为不足道的理由
认为想象的世界才是终极的善。

这，因此是，最热烈的幽会。
因为那样的想法，我们方得挣开一切
冷漠，集中精力，倾注于一件事物：

在唯一的事物中——把我们紧紧裹着的
唯一的一条围巾——由于我们贫穷，一丝温暖，
一道光，一点力，都有不可思议的影响。

此时此地，我们彼此相忘，也忘却了自己。
我们隐约感觉到某种秩序，某个整体，
某种知识，安排了这次幽会。

在它生机勃勃的疆域内，在心中。
我们说上帝和想象合而为一……
那点亮黑暗的最高的烛火何其高啊。

借这同一道光，借这同一个专注的心，
我们栖身于夜空中，
那儿，能待在一起就是满足。

图书在版编目（CIP）数据

学习，在一起的幸福 / 邓惠文著. — 长沙：湖南文艺出版社，2015.2
ISBN 978-7-5404-7068-5

Ⅰ.①学… Ⅱ.①邓… Ⅲ.①随笔–作品集–中国–当代
Ⅳ.① I267.1

中国版本图书馆 CIP 数据核字（2015）第 009130 号

上架建议：两性情感 • 心理学

学习，在一起的幸福

作　　者：邓惠文
出 版 人：刘清华
责任编辑：薛　健　刘诗哲
监　　制：于向勇
策划编辑：杨清钰
版权支持：文赛峰
营销编辑：张　璐
版式设计：利　锐
封面设计：天行健
出版发行：湖南文艺出版社
（长沙市雨花区东二环一段 508 号　邮编：410014）
网　　址：www.hnwy.net
印　　刷：三河市华东印刷有限公司
经　　销：新华书店
开　　本：880mm × 1230mm　1/32
字　　数：110 千字
印　　张：6.5
版　　次：2015 年 2 月第 1 版
印　　次：2020 年 9 月第 2 次印刷
书　　号：ISBN 978-7-5404-7068-5
定　　价：32.00 元

（若有质量问题，请致电质量监督电话：010-84409925）